Inhaltsverzeichnis

Einleitung | 4
Mia und die Lieblingsschuhe | 8
Mia und das Baumhaus | 28
Mia und die vergessene Aufgabe | 50
Mia und der Schwimmunterricht | 65
Mia und das Trampolin | 80
Mia und der Test | 92
Mia und das Ferienlager | 104
Weltenbaum Meditation | 117
Magischer Bonus | 122
Impressum | 123

Einleitung

Hey, du da! Wahrscheinlich bist du schon gespannt darauf, was dich in diesem Buch erwartet. Und welche Rolle spielt eigentlich dieser komische Weltenbaum darin?

Doch bevor wir zu dem mysteriösen Baum kommen und was es damit auf sich hat, möchten wir dir eine Frage stellen.

Diese Frage ist sehr wichtig. Also – aufgepasst – hier kommt sie:

Weißt du eigentlich, dass du etwas ganz Besonderes bist?

Vielleicht weißt du es ja schon. Möglicherweise haben deine Eltern, deine Freunde oder Geschwister es dir bereits gesagt. Das wäre jedenfalls ganz wunderbar!

Aber auch wenn du es längst gehört hast, fühlt es sich vielleicht nicht in jedem Moment deines Lebens so für dich an.

Deswegen möchten wir dich als Allererstes noch einmal daran erinnern.

Überleg mal: Selbst wenn du Lisa heißt und in deiner Klasse noch zwei weitere Lisas sind, gibt es trotzdem keine Lisa, die genauso ist wie du. Nirgendwo!

Du bist einzigartig auf dieser Welt und absolut einmalig. Denke immer daran, besonders in den Momenten, in denen das Leben schwer erscheint und du dich nicht so gut fühlst. Du lebst, um wunderbare Erfahrungen zu machen, glückliche und solche, die du für immer in deinem Herzen einschließen und bei dir behalten möchtest.

Trotzdem wird es auch ab und zu Situationen geben, die dir ungerecht erscheinen oder solche, die dir vielleicht große Angst machen.
Manche Probleme werden dir unüberwindbar vorkommen, so als wäre es einfach unmöglich, sie zu lösen.
An dieser Stelle möchten wir dir ein Geheimnis verraten: Von Zeit zu Zeit geht es jedem Menschen so – sogar den Erwachsenen!
Ja, du hast richtig gehört: Auch Mama, Papa, Oma, Opa, Tanten, Onkel und selbst Lehrer vergessen manchmal in schwierigen Momenten, wie besonders sie sind. Dann verlieren sie den Mut und die Zuversicht. Aber weißt du, was gut ist? Jeder Mensch – egal, ob groß oder klein – kann sich, wann immer er möchte, mit dem *Weltenbaum* verbinden und sich an seine innere Stärke erinnern.
Am besten ist es natürlich, wenn man das schon so früh wie möglich lernt. Deshalb ist dieses Buch unser Geschenk an dich: Wir bringen dir darin alles Wichtige über den magischen Weltenbaum bei!

Also – wie war das jetzt noch mal mit diesem rätselhaften Weltenbaum?
Pssst! Hier kommt die Erklärung:
Der Weltenbaum ist ein besonderer Baum. Er steht für Kraft, Weisheit, Liebe und Beständigkeit. Weißt du, was das Coole an einem Baum ist?
Erst einmal hat er natürlich eine fantastische Aussicht auf die Welt, mit seinen Ästen und dem Blätterwerk, das oft bis weit in den Himmel ragt und sich vom Wind kitzeln lässt. Der Baum wächst so, damit seine

Blätter das Sonnenlicht besser erreichen und in sich aufnehmen können.
Bäume lieben es nämlich, wunderschön, groß und stark zu sein.
Das Wichtigste für ein glückliches Baumleben ist jedoch unsichtbar. Es sind seine Wurzeln, die tief in den Boden hineinreichen. Sie helfen dem Baum, auch stürmische Tage zu überstehen, indem sie ihm Halt geben. Außerdem versorgen sie ihn mit Nährstoffen und sind seine Verbindung zur Erde.

Der Weltenbaum ist so ein Baum, aber gleichzeitig hat er auch besondere Fähigkeiten. Das wird jetzt vielleicht ein bisschen kompliziert, also pass gut auf. Jeder Mensch hat einen Weltenbaum im Herzen, der ihm Kraft gibt und dabei hilft, über sich hinaus zur Sonne zu wachsen und ein glückliches Leben zu führen.
Wenn du einen guten Tag hast, alles wie am Schnürchen läuft und du super drauf bist, fällt dir das wahrscheinlich leicht zu glauben. Aber wenn du einen richtig miesen Tag hast, an dem alles oder zumindest das, worauf es für dich ankommt, schiefgeht, zweifelst du an deiner Verbindung zum Weltenbaum und deiner inneren Stärke.

Genau so geht es manchmal auch Mia. Sie geht jetzt zur Schule und muss sich täglich neuen Herausforderungen stellen.
Wenn Lehrer oder auch die Eltern einmal schimpfen, wenn Mitschüler gemeine Worte sagen, der Unterrichtsstoff viel zu schwer erscheint oder sich

Freunde komisch verhalten, weiß Mia an einigen Tagen einfach nicht mehr weiter.
Tief im Herzen spürt sie, dass sie gut genug ist und dass ihr nie jemand wirklich etwas Böses will.
Aber ab und zu braucht sie einen kleinen Stups als Erinnerung daran.
Der Weltenbaum hilft ihr dabei zu erkennen, dass sie durch jede Erfahrung immer stärker wird und dass sie so viel mehr kann, als sie sich vorher in einer bestimmten Situation zugetraut hat. Er bietet ihr Schutz, Geborgenheit und spendet Kraft.

Du bist herzlich eingeladen, dich mit der Magie des Weltenbaumes zu verbinden. Die Geschichten von Mia helfen dir dabei, diese Verbindung immer aufrecht zu erhalten und sie gerade an den nervigen Tagen zu gebrauchen, um dich wieder besser, mutig und stark zu fühlen.
Du darfst gespannt sein und ganz viel Spaß beim Lesen haben!

Mia und die Lieblingsschuhe

Nervös rutschte Mia im Klassenzimmer auf ihrem Stuhl herum. Immer wieder sah sie hinauf zu den schwarzen Zeigern der Wanduhr. Jetzt waren es nur noch fünf Minuten bis zur ersten Pause. Unauffällig drehte sie sich ein Stück nach links und schob sich eine ihrer braunen Haarsträhnen hinter das Ohr. Ihre Sitznachbarin Christina wirkte im Gegensatz zu Mia ganz entspannt. Machte sie sich denn gar keine Gedanken darüber, mit wem sie in der Pause zusammenstehen sollte?
Heute war Montag. Normalerweise mochte Mia diesen Tag, weil sie ihre Freunde aus dem Kindergarten wiedersah.

Aber heute war alles anders, denn es war ihr erster, richtiger Schultag nach der Einführung letzten Freitag.
Zwar kannte sie einige ihrer Mitschüler aus dem Kindergarten, aber von ihren engen Freunden war niemand dabei. Würde sie hier neue finden?
Das laute Schrillen der Pausenglocke ertönte und riss Mia aus ihren Gedanken.
„Wir sehen uns dann nach der Pause wieder", sagte Frau Kasten und lächelte. Sie war Mias neue Lehrerin und wirkte sehr freundlich. Sie trug eine große runde Brille, hatte rote Haare, die in alle Richtungen abstanden und ihre gelb gepunktete Bluse erinnerte Mia an einen strahlenden Sommertag.
Leider regnete es heute, weshalb sich einige Schüler drinnen in der Pausenhalle aufhielten. Andere saßen oder standen draußen auf dem überdachten Teil des Schulhofs. Manche spielten auch Fußball oder warfen sich kleine Bälle zu.
Weil Mia ihre Sachen ein bisschen zu langsam einpackte, war sie die Letzte, die den Klassenraum verließ. Frau Kasten schloss hinter ihr die Tür ab. So ein Mist, am liebsten hätte Mia ihre Lehrerin gefragt, ob sie drinnenbleiben konnte und einfach warten, bis die anderen wiederkamen.
„Viel Spaß", wünschte Frau Kasten Mia, während sie den klappernden Schlüsselbund in ihre braune Ledertasche gleiten ließ. „Der erste Schultag ist etwas Aufregendes. Oder?" Mit einem herzlichen Lächeln sah sie Mia über die Ränder ihrer Brille hinweg an.

Mia schluckte und nickte bloß. Sie wusste nicht genau warum, aber irgendwie fiel ihr nichts ein, was sie darauf hätte antworten können.
Kurz legte Frau Kasten eine Hand auf Mias Schulter und drückte sie. „Bis nachher", sagte die Lehrerin.
„Okay", antwortete Mia und lächelte schwach.
Als die Lehrerin verschwunden war, sah sich das Mädchen verstohlen in der großen Pausenhalle um. Dort hinten neben dem Kiosk stand eine Gruppe Schüler, die in ihrer Klasse waren.
Sie unterhielten sich und lachten miteinander. Vielleicht könnte Mia sich ja zu ihnen stellen und Freundschaften schließen.
Die Tüte mit dem Pausenbrot in der einen Hand und ihre pinke Pferdetrinkflasche in der anderen, ging sie langsam auf die zwei Mädchen und Jungen zu. Julia und Justus kannte sie bereits aus dem Kindergarten. Die beiden hatten strohblonde Haare und waren Zwillinge. Die Namen von dem Mädchen daneben mit den dunklen Korkenzieherlocken und dem großen Jungen hatte sie vergessen.
Mia war jetzt schon fast bei ihnen angekommen, als sie plötzlich etwas an der Schulter traf. Prompt rutschte ihr das Pausenbrot aus der Hand und fiel zu Boden.
„Hey, pass doch auf!", brüllte ein Junge mit Brille. Er war wie aus dem Nichts gekommen und hatte Mia angerempelt.
„Aua", stöhnte Mia und hielt sich die Schulter. Der Junge bückte sich und sie dachte schon, er wolle ihr helfen, das Brot aufzuheben. Aber stattdessen griff er nach einem kleinen Ball, den er anscheinend eben hatte fangen wollen. „Pass nächstes Mal besser auf,

wo du hinläufst", meckerte er Mia an, bevor er den Ball einem anderen Jungen auf der gegenüberliegenden Seite der Pausenhalle zuwarf. Dabei hatte Frau Kasten doch gesagt, dass das Ballspielen drinnen verboten ist!

Mia war gerade dabei ihr heruntergefallenes Pausenbrot vom Boden aufzuheben, da drehte sich der Junge noch einmal um und rief ihr zu: „Deine Schuhe sind voll hässlich und alt. Vielleicht kannst du deswegen deine Füße nicht gescheit benutzen!" Er lachte schallend, woraufhin noch mehr Kinder zu Mia schauten. Am liebsten wäre sie in diesem Moment ganz woanders gewesen. Eine Mischung aus Ärger, Angst und Traurigkeit stieg in ihr auf. Es war furchtbar, dass alle sie anstarrten. Außerdem lachte jetzt nicht nur der Junge, der sie angerempelt hatte, sondern auch sein Freund.

Sobald Mia das Pausenbrot aufgehoben hatte, lief sie mit großen Schritten auf die Mädchentoiletten zu. Die letzten paar Meter rannte sie. Mia wollte die blaue Schwingtür aufstoßen, doch sie öffnete sich bereits von allein. Ihre Sitznachbarin Christina stand auf einmal vor ihr und sah sie besorgt an.

„Ist alles in Ordnung?", fragte sie und legte den Kopf schief.

Am liebsten hätte Mia ihr alles erzählt, aber sie kannte Christina doch kaum. Deshalb presste sie bloß ein kurzes „Ja" hervor, ehe sie sich an Christina vorbeischob und in der ersten Toilette einschloss.

Mia klappte den Toilettendeckel herunter und setzte sich darauf. Heiße Tränen liefen über ihre Wangen, während sie mit zitternden Händen das Brot und die Trinkflasche in ihrem Schoß hielt. Leise schluchzend sah sie hinunter zu ihren Schuhen. Die inzwischen abgewetzten Sneaker waren ein Geschenk ihrer Tante Winnie. Seit Mia sie im vergangenen Jahr von ihr bekommen hatte, trug sie sie jeden Tag. Es waren einfach ihre Glücksschuhe, außerdem passten sie immer noch und die blau-weiße Farbe erinnerte Mia an den Himmel.

Tante Winnie war es auch gewesen, die Mia als Erstes die Geschichten von dem geheimnisvollen Weltenbaum vorgelesen hatte. Mia schloss die Augen und atmete ein paar Mal tief durch. An diesen blöden Weltenbaum wollte sie jetzt nicht denken. Was wusste der schon von Situationen wie diesen?

Gleich würde es wieder klingeln und dann musste sie zurück in ihre Klasse. Dabei hatten eben alle gesehen, wie sie angerempelt und über sie gelacht wurde – oder na ja, jedenfalls sehr viele.

So schrecklich wie an diesem Montagmorgen hatte sie sich noch nie gefühlt! Diese blöde Schule, die blöden Mitschüler und einfach alles an diesem Tag war blöd!

Als die Klingel das Ende der Pause ankündigte, riss Mia ein paar Blätter Klopapier von der Rolle und wischte sich damit über die Augen. Anschließend putzte sie sich noch einmal die Nase. Sie wollte nicht zurück in den Klassenraum, aber es half nichts. Wenn sie nicht ging, würde Frau Kasten sich Sorgen machen und wahrscheinlich ihre Eltern anrufen. Das wollte sie auch nicht. Wenigstens tat ihre Schulter nicht mehr weh.

„Hast du geweint?", fragte Christina, nachdem sich Mia zurück auf ihren Platz gesetzt hatte.

Mia biss sich auf die Unterlippe. Unsicher schaute sie kurz zu ihrer Sitznachbarin und dann wieder weg.
„Wie kommst du darauf?" Mia sprach ganz leise, denn in diesem Augenblick betrat die Lehrerin das Klassenzimmer.
„Deine Augen sind ein bisschen rot", flüsterte Christina.
Mia schluckte. Hoffentlich würde es den anderen nicht auch noch auffallen. Gott sei Dank begann Frau Kasten jetzt davon zu erzählen, was sie in dieser Stunde machen würden. Alle hörten aufmerksam zu, auch Christina.
Nur Mia konnte sich nicht mehr konzentrieren. Alles, woran sie denken konnte, war, dass sie ganz schnell aus der Schule wegwollte.
Immer wieder blickte Mia während des Unterrichts hinunter zu ihren Schuhen. Sie schaute auch zu denen ihrer Mitschüler, die sehr viel neuer und auch teurer als ihre eigenen aussahen.
Irgendwann bemerkte Mia, dass Christina ebenfalls auf ihre blau-weißen Sneaker schaute. Dachte sie etwa genau wie die zwei Jungen von vorhin, sie seien hässlich und alt?
Als die Augen der Mädchen sich begegneten, lächelte Christina ein bisschen. Mia hätte eigentlich gern zurückgelächelt, aber sie fühlte sich unsicher. Deshalb drehte sie sich schnell weg und ließ die Haare wie einen dichten Vorhang vor ihr Gesicht fallen.
Irgendwann klingelte es zur zweiten großen Pause.
„Sollen wir uns einen Kakao holen?", fragte Christina und Mia merkte nach einigen Sekunden, dass sie gemeint war.

„Ich habe was zu trinken dabei." Mia zeigte auf ihre Trinkflasche, die ihre Mutter für sie mit kaltem Früchtetee gefüllt hatte.
„Ach so", antwortete Christina. Mia kam es fast so vor, als wäre ihre Sitznachbarin nun ein bisschen enttäuscht.
Ob sie ihr sagen sollte, dass sie trotzdem mit zum Kiosk gehen konnte?
Mia überlegte einen Moment, doch dann wanderte ihr Blick wieder zu ihren Turnschuhen. Was, wenn die Jungen aus der ersten Pause wieder in der Pausenhalle waren?
Leicht schüttelte sie den Kopf. Nein, es war besser, wenn sie wieder zu den Toiletten ging und sich darin versteckte. Wenigstens konnte sie so niemand auslachen.

Der restliche Schultag verging zum Glück schnell. Mittags aß Mia immer bei ihren Großeltern, weil ihre Eltern um diese Uhrzeit noch arbeiteten. Mias Oma und Opa lebten nur eine Straße von dem Haus ihrer Eltern entfernt. Eine gute Sache, denn so hatte Mia es nie weit nach Hause, wenn sie bei ihnen zum Spielen war.
Mias bester Freund Nick wohnte direkt neben dem Haus ihrer Großeltern. Das war doppelt-genial, denn nach dem Mittagessen traf sie sich an den meisten Tagen mit ihm in seinem Baumhaus.
Leider klappte das heute nicht sofort, denn Mia hatte Hausaufgaben zu erledigen.
„Wenn du mit deinen Schulaufgaben fertig bist, kannst du dich mit Nick treffen", versprach ihre Omi, während sie ihre Hände an der orangen Schürze

abwischte. Sie waren gerade mit dem Nachtisch fertig geworden, der wie immer himmlisch geschmeckt hatte. Mia schob die Unterlippe vor und wollte protestieren, da sagte ihre Oma:
„Hausaufgaben gehören zur Schule dazu. Sie können auch Spaß machen, du wirst sehen. Soll ich dir helfen?"
„Na gut", antwortete Mia seufzend.
Als sie nach fünfzehn Minuten mit allen Aufgaben fertig war, rannte sie hinüber zu Nick. Doch leider war ihr bester Freund heute beim Fußballtraining. Daran hatte sie gar nicht gedacht.
„Komm morgen noch mal wieder", sagte Nicks Mama und lächelte.
„Okay", antwortete Mia und war ein bisschen traurig. Hoffentlich war dieser Tag bald vorbei!

Zu Hause beim Abendessen wollten ihre Mutter und auch ihr Vater wissen, wie es in der Schule war.
„Geht so", murmelte Mia, während sie mit der Gabel die Möhren auf ihrem Teller hin und her schob.
„Hat es dir nicht gefallen?", bohrte ihre Mutter nach. Zärtlich schob sie ihre Hand auf Mias.
„Die Lehrerin Frau Kasten ist ganz nett", erklärte Mia und zwang sich zu einem Lächeln. Warum erzählte sie ihren Eltern nicht von dem Vorfall mit dem Jungen in der Schule? Ihre Mama und ihr Papa waren immer verständnisvoll, das wusste sie. Aber jetzt, wo sie nicht mehr in den Kindergarten ging, war sie ein großes Mädchen. Und die mussten mit manchen Dingen allein klarkommen. Oder?
„Das hört sich doch gut an. Was hast du denn heute gelernt?"

Interessiert schaute Mias Vater seine sechsjährige Tochter an.
Er hatte die Gabel und das Messer auf den Rand seines Tellers gelegt, um ihr zu zeigen, dass er jetzt nur Augen und Ohren für sie hatte.
Daraufhin erzählte Mia von der Vorstellungsrunde, den Gruppenregeln, dem Deutsch- und dem Matheunterricht. Ihre Eltern hörten aufmerksam zu. Trotzdem fiel Mia auf, dass sich nach dem Essen Sorge in ihren Gesichtern spiegelte. Sie kannten ihre Tochter einfach zu gut und wussten, wenn etwas nicht stimmte.
Nachdem Mia ihre Lieblingszahncreme mit Erdbeergeschmack auf die Zahnbürste aufgetragen hatte, putzte sie sich sorgfältig die Zähne. Es war gleich Zeit zum Schlafen. Wahrscheinlich hatte ihre Mama bereits das Bett in Mias Zimmer aufgeschlagen und wartete auf sie. Abends lasen Mias Eltern ihr nämlich immer noch abwechselnd eine Geschichte vor. Das war der Teil des Tages, auf den sie sich am meisten freute.
„Bist du so weit?"
Ihre Mutter sah zu ihr, als Mia das Zimmer betrat.
„Jap."
„Na, dann kuschel dich mal schön unter die Decke", sagte ihre Mutter und rückte ein Stück auf der weichen Matratze zur Seite, damit Mia ungehindert ins Bett klettern konnte.
„Worauf hast du denn heute Lust?", wollte ihre Mutter wissen, während sie auf das helle Holzregal gegenüber Mias Bett zuging. Darin standen eine Unmenge an Büchern mit den verschiedensten Geschichten. Von Prinzessinnen, über Monster,

sprechenden Tiere und wilden Abenteuer war alles dabei.
Mia kaute auf der Innenseite ihrer Wange herum und dachte kurz nach.
„Vielleicht das Weltenbaumbuch", murmelte sie nach einer Weile.
Ihre Mutter zog eine Augenbraue nach oben. Sie wusste genau, dass ihre Tochter vor allen Dingen dann aus dem Buch vorgelesen bekommen wollte, wenn sie ein Problem hatte.
„Dann nehmen wir das", sagte sie in ruhigem Ton und zog das blaue Buch hervor.
Anschließend ging sie wieder zum Bett und setzte sich auf die Kante.
„Welche Geschichte möchtest du hören?", fragte die Mutter ihre Tochter liebevoll.
Da musste Mia nicht lange überlegen.
„Eine über die Schule."
Die Mutter nickte. Bevor sie zu lesen begann, gab sie ihrer Tochter einen Kuss auf die Wange.
„Ich liebe dich, weißt du das?" Sanft streichelte sie Mia über den Kopf.
„Ja, Mama. Ich dich auch."
Als die Mutter zu lesen begann, fühlte sich Mia gleich ein bisschen besser. Das Mädchen in der Geschichte hatte zwar nicht genau das Gleiche wie sie in der Schule erlebt, aber das machte nichts. Mia verstand trotzdem, wie sich das Mädchen fühlte. Denn so hatte sie sich heute auch gefühlt.
Bei der Stelle mit dem Weltenbaum hörte Mia ganz genau hin.
„Möchtest du noch eine Geschichte hören?", fragte die Mutter im Anschluss. Mia schüttelte den Kopf.

„Mama, ich will dir was erzählen", sagte sie stattdessen und dann berichtete sie ihrer Mutter davon, was heute in der Schule geschehen war. Nachdem sie fertig war, erklärte sie: „Ich will es mal wie das Mädchen im Buch versuchen, ja?" Mit großen Augen schaute sie ihre Mutter an.
„Sicher, Schatz."
„Und morgen können wir ja noch mal darüber reden, okay?"
Mias Mutter lächelte.
„Okay", antwortete sie und gab ihrer Tochter einen Gutenachtkuss auf die Stirn.
„Vergiss nicht, das Licht auszuschalten", erinnerte ihre Mama sie, bevor sie aus dem Zimmer ging.
„Ich denk dran."
Mia war jetzt sogar ein bisschen aufgeregt. Ihre Mutter hatte ihr das Weltenbaumbuch schon lange nicht mehr vorgelesen. Wahrscheinlich war es doch nicht so schlecht, dass ihre Tante Winnie es ihr geschenkt hatte. Heute in der Schule hatte sie nicht mehr daran gedacht, wie magisch der Weltenbaum sein konnte.
Mia bauschte ihr Kopfkissen hinter sich auf, um es als Stütze für ihren Rücken zu nutzen. Dann setzte sie sich bequem in ihr Bett und schloss die Augen. Sie atmete dreimal tief durch und konzentrierte sich ganz auf den Luftzug, der in ihre Nasenlöcher hinein- und wieder hinausströmte. Plötzlich befand sie sich in ihrer Vorstellung auf einer großen bunten Blumenwiese, umringt von vielen Bäumen. Sie waren alle groß und stark, aber einer fiel ihr besonders auf. Er leuchtete und sein Blätterdach ragte weit hinauf in den Himmel. Mia stellte sich vor, dass sie auf

diesen Baum zuging. Die Blumen und Gräser waren warm und weich unter ihren nackten Füßen. Je näher sie dem Baum kam, desto mehr fiel ihr der dicke Stamm auf. Entschlossen legte die Mia im Bett eine Hand über ihr Herz. Gleichzeitig malte sie sich aus, dass die Mia in ihren Gedanken eine Hand an den Baumstamm legte. *Das war der Weltenbaum, das spürte sie genau.*
Auf einmal wusste sie, was zu tun war. Mit der Leichtigkeit eines Schmetterlings kletterte sie auf den Baum, schwang sich von Ast zu Ast, bis sie irgendwann ganz oben in der Krone saß. Der Wind streichelte Mias Gesicht und wirbelte leicht ihr Haar durcheinander.
Hier oben fühlte sie sich sicher und geborgen.
„Ich habe Angst, dass ich keine Freunde in der Schule finde", sagte sie zum Baum. „Außerdem hat mich heute jemand angerempelt und dann über meine Schuhe gelacht. Niemand mag mich."
Mia hatte das Gefühl, dem Baum alles erzählen zu können.
„Liebe Mia, es tut mir sehr leid, dass du heute angerempelt wurdest. Aber weißt du was? Das ändert nichts daran, dass du wunderbar bist!"
„Es hat sich aber nicht gut angefühlt", sagte Mia und erinnerte sich an den kurzen Schmerz und daran, dass ihr Pausenbrot heruntergefallen war.
„Das glaube ich dir. Aber morgen, kleine Mia, ist ein neuer Tag. Ein ganz neuer Anfang. Du bist stark, mutig und wunderschön. Überleg mal, gab es heute auch Momente, die gut waren?"
Während Mia in ihren Gedanken weiterhin hoch oben auf dem Baum saß, dachte sie nach.

„Eine nette Lehrerin", zählte sie auf, „und meine Sitznachbarin Christina."
Der Weltenbaum schaukelte Mia sanft auf seinen starken Ästen hin und her. Die Blätter des Baumes raschelten, und obwohl Mia wusste, dass Bäume nicht lächeln konnten, kam es ihr in diesem Moment so vor, als würde der Weltenbaum genau das tun.
„Hast du noch etwas auf dem Herzen?", fragte der Baum freundlich.
„Ein Junge hat über meine Schuhe gelacht. Dabei mag ich die so gern." Mia verzog das Gesicht, als sie daran dachte, dass der Junge die Schuhe als *hässlich* bezeichnet hatte.
„Hm", machte der Baum und wiegte das Mädchen behutsam weiter in seiner Baumkrone. „Hast du schon einmal Schuhe gesehen, die dir nicht gefallen?"
Was für eine komische Frage! Trotzdem dachte Mia kurz nach.
„Neulich beim Einkaufen mit Mami. Da habe ich eine Frau gesehen, die hatte total merkwürdige Schuhe an. Die waren vorne ganz spitz." Mia kicherte in sich hinein. Solche Schuhe würde sie niemals anziehen!
„Soso", antwortete der Baum. „Findest du es denn in Ordnung, dass du das gedacht hast?"
Mia zuckte mit den Schultern. „Schon", sagte sie nach einer Weile, „ich habe sie ja nicht ausgelacht."
„Und warum hast du das nicht getan?"
„Dann wäre sie vielleicht traurig gewesen."
„Vielleicht."

„Na bestimmt!", sagte Mia entschlossen. „Wie kann man denn da nicht traurig sein?"
Einen Moment lang war es still. Wahrscheinlich hatte der Weltenbaum auch nicht immer gleich alle Antworten parat und musste über manches selbst erst einmal nachdenken. Mia lächelte in sich hinein. Es gefiel ihr, wie der Baum mit ihr sprach und dass er ihre Probleme, genau wie Mama und Papa, ernst nahm.
„Was meinst du denn?", fragte der Weltenbaum.
„Kannst du dir einen Grund vorstellen, warum diese Frau nicht traurig wäre, *obwohl* jemand ihre Schuhe nicht mag?"
Mia schob die Unterlippe vor und strich nachdenklich über einen der Äste.
„Na ja", druckste sie, „könnte sein, dass es der Frau egal ist. Wenn sie ihre Schuhe wirklich mag, macht es ihr vielleicht nichts aus."
„Könnte sein", antwortete der Baum und wieder raschelten seine Blätter.
„Findest du, dass diese Frau dir deine Gedanken über ihre Schuhe verbieten sollte?"
Sofort schüttelte Mia heftig den Kopf. „Nein, das sind doch meine Gedanken!"
Sanft schaukelte der Weltenbaum sie vor und zurück, so als würde er nicken.
„Und was ist mit dem Jungen? Solltest du ihm seine Gedanken über deine Schuhe verbieten?"
Mia schluckte. Am liebsten würde sie jetzt *ja* sagen. Aber tief in ihrem Herzen fühlte sie, dass der Junge genau die gleichen Rechte auf seine Gedanken hatte, wie sie auf ihre.

„Wahrscheinlich nicht", gab sie zu. „Aber er hätte es doch nicht vor allen anderen laut sagen müssen! Das war total gemein."

„Das war es", bestätigte der Weltenbaum, woraufhin Mia erleichtert aufatmete. Sie hatte nämlich genau gespürt, dass es nicht richtig war, wie der Junge sich ihr gegenüber verhalten hatte.

„Ich verrate dir etwas", flüsterte der Baum. Plötzlich war es ganz still. Kein Rascheln der Blätter mehr und auch kein Wind. „Manchmal machen Kinder und auch Erwachsene Fehler. Zum Beispiel denken sie vorher nicht nach, wenn sie gemein zu anderen sind oder sie merken es gar nicht. Das ist schade, aber es kann passieren."

Mia nickte. Erst am Wochenende hatte es einen dummen Streit mit ihrem Freund Nick gegeben, weil sie ihm gesagt hatte, dass sie Fußballspielen doof fand. Daraufhin war er beleidigt gewesen, denn das war sein Lieblingssport. (Das hatte Mia dann ein bisschen leid getan.)

„Du magst doch deine Schuhe, oder?", fragte der Weltenbaum.

„Ja."

„Und das ist das Wichtigste, denn es sind deine Schuhe und da zählt nur allein dein Geschmack."

Stimmt eigentlich, dachte Mia.

„Manchmal", sagte der Baum, „ist es besser ein Auge zuzudrücken und nichts darauf zu antworten, wenn andere Menschen ihre Gedanken laut aussprechen. Ein anderes Mal ist es gut, zu sagen, wie man selbst darüber denkt."

„Und woher soll ich wissen, wann ich etwas sage und wann lieber nicht?"

Jetzt lächelte der Baum wieder. Das wusste Mia, weil das Blätterrascheln einsetzte.
„Das musst du von Situation zu Situation immer neu entscheiden."
„Aber wie?"
„Mit deinem Gefühl."
„Mit meinem Gefühl", wiederholte Mia leise. So richtig konnte sie sich das noch nicht vorstellen. Aber sie würde es versuchen.
„Atme noch einmal tief durch", empfahl ihr der Baum, „und konzentriere dich auf dein Herz. Ich werde nun eine Riesenportion meiner Superkraft dorthin übertragen. Du bist ein ganz besonderes Mädchen und kannst alles schaffen! Wenn du einmal Hilfe brauchst, kannst du dir jederzeit etwas von meiner Kraft leihen." Wieder raschelten die Blätter. Mia nickte. „Ja, ist gut."
„Du kannst immer wieder zu mir kommen, wenn du möchtest", versprach der Weltenbaum. Mia schmiegte sich an seine knorrigen Äste, die seltsamerweise gar nicht kratzig waren.
„Du schaffst das, Mia", sagte der Baum. „Ich bin immer bei dir, in jedem Moment deines Lebens wache ich über dich. Du kannst mich überall finden, wenn du genau hinsiehst."
Ein letztes Mal atmete Mia tief durch. Dann öffnete sie die Augen. Sie war wieder in ihrem Zimmer. Ihre kleine rote Lampe brannte noch auf dem Nachttisch. Sie erinnerte sich an die Worte ihrer Mutter und knipste sie aus. Als sie wenig später in ihrem dunklen Zimmer lag, dachte sie an den Weltenbaum. Er war jetzt nicht mehr da, aber das Gefühl von eben spürte sie immer noch als Wärme in

ihrer Brust. Obwohl die Angst vor dem Tag morgen in der Schule nicht ganz weg war, wusste sie, dass sie den Mut und die Kraft hatte, wieder hinzugehen.
Kurz bevor es am nächsten Tag zur großen Pause klingelte, stupste Mia ihre Sitznachbarin Christina mit dem Ellenbogen an.
„Gehst du heute wieder zum Kiosk?", flüsterte sie.
Christina lächelte. „Hatte ich vor."
„Ich komme auch mit", sagte Mia. Daraufhin wurde Christinas Lächeln breiter. „Cool!"
Als die Klingel wenig später zur ersten Pause läutete, fühlte Mia sich viel stärker als gestern.
Zusammen mit Christina durchquerte sie die Pausenhalle. Mit ihr an der Seite kam Mia sich nicht mehr so allein vor.
„Da vorne ist es schon", erklärte Christina und zeigte auf die Schlange, die vor dem Kiosk stand. Über dem kleinen Häuschen hing ein Schild mit der Aufschrift „Schulkiosk".
Plötzlich blieb Mia die Luft weg. Ganz am Ende der Schlange stand der Junge von gestern. Sein Gesicht würde sie überall wiedererkennen. Er unterhielt sich mit seinem Freund und hatte sie noch nicht bemerkt. Mia blieb stehen.
„Was ist los?", wollte Christina wissen.
Sollte Mia ihrer Sitznachbarin von gestern erzählen? Was, wenn Christina sie auch auslachte? Mit Mama und Papa darüber zu reden war eine Sache, aber mit einem anderen Mädchen?
Doch dann dachte sie an die Worte des Weltenbaumes und fühlte genau wie gestern, dass sich eine Wärme in ihrer Brust ausbreitete. Also nahm

sie ihren Mut zusammen und berichtete Christina was geschehen war.

Nachdem Mias Sitznachbarin alles gehört hatte, rümpfte sie die Nase.

„Wie gemein!", sagte Christina und dann schaute sie auf Mias Schuhe. „Ich finde die total cool!"

„Echt?" Mia klang unsicher.

Christina nickte. „Na, klar! Ist doch egal, was so ein Junge sagt. Hauptsache, dir gefallen sie, oder?" Mias Klassenkameradin sagte das ganz selbstverständlich und Mia spürte, dass Christina in diesem Augenblick genauso freundlich wie der Weltenbaum war.

„Wollen wir Freundinnen sein?" Mia sah Christina erwartungsvoll an.

„Gerne."

Die Mädchen lächelten, als sie sich in die Reihe vor dem Kiosk einreihten.

„Guck mal", sagte der Junge von gestern und deutete auf Mia, „da ist wieder die mit den hässlichen Schuhen."

Seine Worte sorgten für einen kleinen Stich in Mias Brust. Aber diese Empfindung konnte sie nicht davon abhalten, zu tun, was sich in dem Moment richtig für sie anfühlte.

„Ich mag meine Schuhe", sagte sie so laut, dass es jeder hören konnte. Dann straffte sie die Schultern und hakte sich bei ihrer neuen Freundin ein.

Der Junge erwiderte nichts darauf, aber auch wenn er es getan hätte, wäre das okay gewesen. Mia hatte gesagt, was sie sagen wollte und das hatte sich gut angefühlt.

Außerdem war es viel schöner mit den Menschen zu reden, die sie irgendwie ein bisschen an den Weltenbaum erinnerten.

ICH BIN STARK

Mia und das Baumhaus

Warme Sonnenstrahlen fielen durch das Fenster auf Mias Schreibtisch.
Der Himmel war heute strahlend blau und ohne jede Wolke. Wenn Mia sich mit den Schulaufgaben beeilte, konnte sie gleich hinüber zu ihrem besten Freund Nick und mit ihm zusammen spielen.
Als die Zimmertür quietschte, schaute Mia über ihre Schulter.
„Darf ich mal sehen?", fragte ihre Oma, die im Türrahmen stand.
Mia war, wie jeden Nachmittag nach der Schule, bei ihren Großeltern zum Mittagessen und Hausaufgabenmachen.
Hier hatte die Erstklässlerin sogar ein eigenes Zimmer, mit einem Bett, einem Schreibtisch und einem

großen Sofa. Ach ja – und dann gab es natürlich noch die drei großen Kisten, die voll mit ihren Spielsachen waren.

„Ist aber noch nicht ganz fertig", antwortete Mia, als sich ihre Oma nun über sie beugte und das Bild auf dem Schreibtisch betrachtete.

„Das sieht klasse aus."

Ihre Oma legte eine Hand auf Mias Schulter.

Mia betrachtete das Bild. Sie hatte sich wirklich Mühe gegeben. Die Aufgabe war gewesen, etwas zu malen, das sie glücklich machte.

„Meinst du?" Die Sechsjährige schaute mit großen Augen zu ihrer Oma auf.

„Natürlich." Das breite Lächeln ihrer Großmutter freute Mia. Entschlossen setzte sie sich wieder gerade hin, um das Bild fertig zu malen.

„Möchtest du gleich mit uns ein Stück Kuchen essen?", fragte ihre Oma, als sie schon wieder an der Tür stand. „Ich habe Erdbeerkuchen gebacken. Den magst du doch so gern!"

Mia ließ den braunen Buntstift sinken.

„Ich wollte eigentlich noch rüber zu Nick."

„Dann packe ich euch ein paar Stücke ein!"

Mia strahlte. „Du bist die beste Oma der Welt!"

Jetzt schmunzelte ihre Oma und wickelte sich eine ihrer grau-silbrigen Locken auf den Finger. „Das kann gut sein."

Mia brauchte noch ungefähr zehn Minuten, dann hatte sie das Bild fertig. Sollte sie es mit zu Nick nehmen, um es ihm zu zeigen?

„Mia! Du hast Besuch!", rief in diesem Moment ihr Opa von unten. Schnell schob das Mädchen ihren

Schreibtischstuhl zurück und sprang auf. Eine Hand am Geländer lief sie eilig die Stufen nach unten zum Flur.
In der offenen Haustür stand Nick und unterhielt sich mit Mias Großvater.
„Nick!", rief Mia freudig. Dass er sie heute abholen wollte, hatte er gar nicht gesagt. Deshalb war die Überraschung umso größer!
„Hey, Mia!"
Nicks Lächeln sagte ihr, dass er sich genauso freute sie zu sehen wie umgekehrt.
Er war zwei Jahre älter als sie und seit Neuestem gelte er seine orange-roten Haare immer nach oben. Die spitzen Stacheln ähnelten ein bisschen denen eines Igels, fand Mia. Aber das behielt sie lieber für sich. Nick hatte nämlich gemeint, dass solche Frisuren jetzt total angesagt für Jungen waren.
„Na, was habt ihr beide heute Nachmittag vor?", fragte Mias Opa, nachdem sich die Kinder kurz umarmt hatten.
Mia und Nick tauschten einen Blick. Sofort war klar, was sie machen würden.
„Baumhaus!", riefen beide gleichzeitig und dann kicherten sie.
Mias Großvater zog die buschigen Augenbrauen nach oben. „Wird euch das nicht irgendwann mal langweilig?"
Wie auf Kommando schüttelten Mia und Nick den Kopf. Und als hätten sie sich heimlich abgesprochen, riefen sie zur selben Zeit „Niemals!"

Am liebsten wären die zwei Schulkinder sofort rüber zu Nick gerannt, doch der Ruf von Mias Oma aus der Küche hielt sie zurück.
„Augenblick, ihr beiden!"
Es dauerte nur wenige Sekunden, da trat sie in den Flur. In der Hand hielt sie einen braunen Picknickkorb.
„Erdbeerkuchen, zwei Wasserflaschen und Tücher zum Händeabwischen", sagte die Großmutter, während sie Mia den Korb überreichte.
„Danke, Oma!"
Nachdem auch Nick sich bedankt hatte, machten Mia und er sich auf den Weg zu seinem Baumhaus. Es stand im Garten seiner Eltern, ganz hinten neben den Brombeerbüschen auf der einen und den zwei alten Eichen auf der anderen Seite.
Mia kletterte als Erste die breite Leiter hinauf, dicht gefolgt von Nick. Oben angekommen, erzählten sie sich von ihrem Tag in der Schule. Anders als Mia ging Nick im Nachbarort zur Schule, weil er nicht so gut im Lernen war. Aber das störte Mia nicht. Nick war einfach ihr allerbester Freund auf der Welt und es war mit niemandem lustiger als mit ihm.
Nachdem sie eine Weile geredet hatten, aßen die beiden Kinder den mitgebrachten Erdbeerkuchen.
„Himmlisch!", schwärmte Nick und nahm gleich noch einen großen Bissen.
Mia nickte und biss auch noch einmal von ihrem Stückchen ab. „Schmeckt sooo lecker!", sagte sie mit vollem Mund, woraufhin Nick lachte.
Die beiden Kinder verbrachten noch anderthalb Stunden in dem Baumhaus. Sie spielten Vater-

Mutter-Kind, wobei Mias alte Puppe Susi wie immer als Baby herhalten musste.
Irgendwann hatte Nick keine Lust mehr und wollte sich lieber mit seinen Legobausteinen beschäftigen. Mia spielte allein weiter, was nicht schlimm war, denn Nick hielt sich ja immer noch bei ihr im Baumhaus auf.
Später, als sie wieder zu Hause bei ihren Eltern war, erzählte sie aufgeregt von diesem schönen Tag.
„Dann wünsche ich dir, dass es morgen genauso gut wird", sagte ihr Vater, nachdem er ihr am Abend eine Gutenachtgeschichte vorgelesen hatte.
„Bestimmt!", antwortete Mia zuversichtlich und kuschelte sich in ihr gemütliches Bett.

Am nächsten Morgen war Mia gut gelaunt. Sie war jetzt bereits zwei Monate in der Schule und inzwischen gefiel es ihr dort richtig gut.
Als ihre Lehrerin Frau Kasten das Klassenzimmer betrat, sagte das Mädchen mit den anderen Kindern im Chor: „Guten Morgen, Frau Kasten."
„Guten Morgen, liebe Schüler."
Lächelnd legte die Lehrerin ihre braune Ledertasche auf dem Pult ab. „Heute fangen wir mit dem Kunstunterricht an. Ihr hattet eine Hausaufgabe auf, die möchte ich mir gern ansehen." Aufgeregt zog Mia ihr Bild aus ihrem Zeichenblock hervor.
„Was hast du gemalt?", wollte ihre Freundin Christina wissen.
Mia grinste und schob ihre Hände auf das Bild, sodass ihre Sitznachbarin die Zeichnung darauf nicht erkennen konnte. „Zeig zuerst deins."

Christina überlegte. „Na gut", antwortete sie schließlich. Als sie ihre Zeichnung offen auf den Tisch legte, sagte die Lehrerin gerade: „Ich möchte, dass ihr alle aufsteht, reihum geht und euch die Bilder eurer Mitschüler anschaut."

„Wie spannend!" Christina klatschte in die Hände. Noch bevor Mia das Bild ihrer Freundin genauer betrachten konnte, hatte Christina sie bereits an der Hand gefasst und hinter sich hergezogen.

Gemeinsam liefen die Freundinnen zwischen den Tischen entlang und sahen sich die Bilder ihrer Klassenkameraden an.

Dabei fiel Mia auf, dass die meisten ihrer Mitschüler Mama und Papa gemalt hatten und einige wenige ihre Haustiere. Plötzlich fragte sie sich, ob sie die Aufgabe richtig verstanden hatte. Natürlich fühlte sie sich auch glücklich, wenn sie mit ihren Eltern zusammen war. Trotzdem hatte sie sich entschieden, etwas anderes zu malen.

Nachdem Mia und Christina die Bilder ihrer Klassenkameraden gesehen hatten, machten sie sich auf den Weg zurück zu ihrem Platz. Als sie sich umdrehten, bemerkten sie, dass sich einige der Schüler ausgerechnet vor ihrem Tisch versammelt hatten.

„Warum stehen die denn alle da?", flüsterte Mia ihrer Freundin zu. Christina zuckte mit den Schultern. „Ich weiß nicht."

„Voll cool!", sagte Justus, der Zwillingsbruder von Julia, und tippte auf die Tischplatte.

„Ja, abgefahren!", meinte Sven, der neben Justus stand.

Nun bekam auch Frau Kasten mit, dass sich am Tisch von Mia und Christina etwas ereignete.
„Was ist denn dort hinten los?", fragte sie und machte einen langen Hals. Doch die Schüler waren so vertieft in das Anschauen des Bildes, dass sie die Lehrerin nicht hörten. Inzwischen drängten sich immer mehr Klassenkameraden um den Tisch der Mädchen. Währenddessen versuchten Mia und Christina angestrengt zurück zu ihrem Platz zu gelangen.
„Lasst mich mal durch", sagte Frau Kasten. Sie war jetzt ebenfalls bei dem Tisch angekommen, um den sich mittlerweile die Schülerinnen und Schüler der Klasse 1a tummelten. Endlich machten die Kinder Platz, sodass Mia und auch Christina der Lehrerin zu ihrem Tisch folgen konnten.
„Das Bild ist sooo schön!", schwärmte Veronika.
„Zeigt mal her!", bat Frau Kasten und griff nach dem Bild, von dem alle so begeistert waren. Als sie es hochhielt, konnte auch Mia einen Blick darauf erhaschen. Das Erste, was sie sah, war ganz viel Blau. Das war auch der Grund, weshalb sie zunächst dachte, es wäre ihr eigenes Bild. Sie hatte nämlich auch mit blauen Buntstiften gemalt. Doch dann sah sie genauer hin und erkannte, dass auf dem Bild ein Schwimmbad zu sehen war. Daneben leuchtete eine grüne Wiese, auf der eine Familie saß und picknickte.
„Das ist wirklich sehr schön. Viele Einzelheiten!", lobte die Lehrerin das Bild. „Ist das von dir?" Frau Kasten sah Mia an. Das Mädchen schüttelte den Kopf.
„Das ist meins!", sagte Christina stolz und strahlte.

„Ganz toll!", sprach die Lehrerin noch einmal. „Kannst du der Klasse und mir ein bisschen was zu dem Bild erzählen?"
Christina nickte freudig. „Also da ist meine Mama drauf, mein Papa und meine Schwester Lina. Wir sind im Freibad und essen Äpfel und Bananen und haben den allerschönsten Tag."
„Sehr schön! Ich kann gut verstehen, dass dich das glücklich macht." Frau Kasten nickte. „Du hast ein großes Zeichentalent."
Ein paar der anderen Kinder jubelten zur Bestätigung.
„So, dann wollen wir mal weitermachen", sagte die Lehrerin und legte Christinas Bild zurück auf den Tisch. Jetzt nahm sie Mias Bild und schaute es sich an.
„Was soll das denn sein?", fragte Leon und rümpfte die Nase. Mias Herz begann auf einmal, wild zu klopfen.
„Sieht irgendwie komisch aus", sagte Annabelle, die dicht hinter Leon stand.
„Hey, Kinder!", mischte sich die Lehrerin ein, während sie Mias Bild hin und her drehte. „Das ist auch ein schönes Bild", sagte sie nach einer Weile.
„Sie halten es verkehrt herum", erklärte Mia. Scheinbar konnte die Lehrerin auch nicht erkennen, was auf ihrem Bild zu sehen war. Das ärgerte sie ein bisschen.
„Besser so?" Nun hielt Frau Kasten das Bild so, wie es richtig war. Trotzdem fühlte Mia sich gar nicht gut, als die Lehrerin sie aufforderte, etwas über ihr Bild zu erzählen.

„Ja, also …", fing sie an, doch dann wusste sie plötzlich nicht mehr weiter. Es war mucksmäuschenstill im Klassenraum und alle schauten sie an. Als sie auch nach ein paar Sekunden nichts sagte, kicherten einige ihrer Mitschüler.
„Was macht dich auf dem Bild glücklich?" Frau Kasten suchte Mias Blick und lächelte sie aufmunternd an.
„Ähm." Mehr bekam Mia nicht heraus. Ihr Mund war ganz trocken. Alles, woran sie denken konnte, war, dass ihre Klassenkameraden Christinas Bild so bewundert hatten und bei ihrem wussten sie nicht einmal, was es darstellte. Dabei hatte sie sich doch solche Mühe gegeben!
Die Lehrerin bemerkte, dass Mia gerade nichts sagen konnte und legte ihr Bild wieder auf den Tisch.
„Vielleicht möchtest du es beim nächsten Mal noch einmal versuchen", sagte sie und zwinkerte Mia zu.
Nie im Leben, dachte Mia und wäre am liebsten aus der Klasse gerannt. Aber das ging ja nicht, denn die Stunde war noch nicht zu Ende.
„Dann machen wir bei Klara weiter", sagte Frau Kasten, während sie zum nächsten Tisch ging.
„Was war denn los?", fragte Christina leise, nachdem die Lehrerin dem Tisch der Mädchen den Rücken zugewandt hatte.
„Ach, nichts", antwortete Mia und schielte noch einmal auf Christinas Bild.

Zum Glück hatten sie später noch Deutschunterricht. Darauf freute Mia sich, denn darin war sie gut.

Doch als die Lehrerin ihnen auftrug, sie sollten Buchstaben aus dem Alphabet von der Tafel in ihr Schreibheft abmalen, machte Mia andauernd Fehler.
„So ein Mist!", fluchte sie leise, als sie schon wieder das große G falsch gemalt hatte.
„Brauchst du Hilfe?"
Christina schaute sie freundlich an. Sie war schon fertig mit der Aufgabe und hatte nicht einen einzigen Fehler gemacht. Ihre Buchstaben sahen ordentlich und genauso aus, wie Frau Kasten sie an die Tafel gemalt hatte. Ein bisschen trotzig schüttelte Mia den Kopf.
„Nein."
Verärgert knibbelte das Mädchen an der eingeknickten Ecke ihres Bildes von vorhin herum, das sie wieder in ihren Zeichenblock geschoben hatte. Was für eine doofe Aufgabe. Überhaupt war heute ein doofer Tag! Und warum konnte Christina eigentlich alles so viel besser als sie?

In der Pause setzte Mia sich allein draußen auf einen der Betonsitzblöcke und aß ihr Brot. Christina hatte sie kurz nach dem Klingeln gefragt, ob sie mit ihr und den Zwillingen seilspringen wollte. Aber darauf hatte Mia heute keine Lust. Aus der Ferne beobachtete sie Julia, Justus und Christina. Jeder von ihnen durfte abwechselnd in der Mitte springen. Immer wieder lachten sie laut auf und schienen viel Spaß zu haben. Irgendwann gesellte sich noch Lilly zu ihnen und wollte mitspringen. Mia sah sofort, dass Lilly das offenbar noch nicht oft gemacht hatte. Ständig verhedderte sie sich in dem Seil. Gerade wäre sie beinahe hingefallen. Da lief Christina zu Lilly und legte ihr eine Hand auf die Schulter. Mia konnte zwar nicht verstehen, was sie sagte, aber es sah aus, als erklärte sie Lilly etwas. Kurze Zeit später versuchte Lilly das Springen erneut und jetzt klappte es besser. Ihre schwarzen Locken glänzten in der Sonne, während sie immer dann hochsprang, wenn das Seil wieder fast den Boden berührte.

Mia presste die Lippen zusammen und schaute noch einmal zu Christina. Sie war wirklich nett. Vielleicht hätte Mia ihre Buchstaben vorhin auch besser hinbekommen, wenn sie Christina erlaubt hätte, ihr zu helfen.

Während Mia überlegte, wehte auf einmal ein leichter Luftzug. Er wirbelte einige der auf dem Boden liegenden Blätter auf. Eines landete direkt in Mias Schoß. Vorsichtig griff sie nach dem Stiel des Blattes. Es hatte eine bräunlich-gelbe Färbung und ganz außen an den Rändern leuchtete sogar etwas Rot. Sie wusste nicht genau, was es für eins war, meinte sich aber zu erinnern, dass Frau Kasten am Tag der Schuleinführung von Ahornbäumen auf dem Schulgelände gesprochen hatte.

Zwischen zwei Fingern rollte Mia das Blatt hin und her und betrachtete es ganz genau. Es sah wunderschön aus und als die Sonne darauf leuchtete, bemerkte sie die feinen Linien, die es durchzogen.

Mia blickte über ihre Schulter zu den drei Bäumen hinter sich. Einer von ihnen musste das Blatt vor einiger Zeit verloren haben und sie fragte sich, welcher. Auf einmal dachte sie an den Weltenbaum und daran, dass das Mädchen in dem Vorlesebuch

immer dann mit ihm sprach, wenn sie ein Problem hatte. Schnell stand Mia auf und lief auf einen der Bäume zu. Mit ihren Fingern ertastete sie den rauen Stamm, als sie behutsam darüber strich. Ein kleines Lächeln huschte über ihre Lippen, weil die Blätter des Baumes genau in dem Moment raschelten.
Sie erinnerte sich daran, wie sie schon einmal mit dem Weltenbaum Kontakt aufgenommen hatte. Sicher, es war schon eine Weile her, aber bestimmt würde sie es noch einmal schaffen.
Denn heute konnte sie seinen Rat wirklich gut gebrauchen.
Mit dem Blatt in der Hand lief sie wieder zurück zu dem Betonklotz und setzte sich bequem hin. Dann schloss sie die Augen und atmete dreimal tief ein und wieder aus. Sie dachte an das kleine Mädchen aus dem Vorlesebuch und wie es sich in einer Situation wie dieser immer zuerst die Blumenwiese vorgestellt hatte. Mia machte es ihr nach. In Gedanken befand sie sich jetzt inmitten bunter Blumen und wilder Gräser, die ringsherum von einem Wald eingeschlossen waren. Sofort erkannte sie den Baum, der heller als alle anderen leuchtete. Mia stellte sich vor, wie sie freudig darauf zurannte. Genau wie eben bei dem Baum auf dem Schulhof strich sie mit den Fingern über seine Rinde und fühlte dabei, wie sich ein warmes Gefühl in ihrer Brust ausbreitete. Das war der Weltenbaum, da war sie sich sicher. Es fiel ihr ganz leicht, nach oben zu klettern und sich von Ast zu Ast zu schwingen. Als sie ganz oben in der Baumkrone saß, raschelten die Blätter.

„Wie geht es dir, Mia?", fragte der Weltenbaum. „Hast du etwas auf dem Herzen?"
Mia schluckte. Sie atmete noch einmal tief durch und dann erzählte sie dem Baum von ihrem und Christinas Bild. Auch von der Schreibaufgabe berichtete sie und von dem Gefühl, dass Christina einfach in allem besser war als sie.
„Das fühlt sich überhaupt nicht gut an", sagte Mia und schob die Unterlippe vor. Sanft wiegte der Baum sie sie von der einen zur anderen Seite. Obwohl Mia so weit oben war, fühlte sie sich völlig sicher. Sie wusste, der Weltenbaum würde sie halten. Ganz egal, was auch geschah.
„Gefällt dir denn dein Bild?", wollte der Baum wissen.
Ohne zu zögern, antwortete Mia: „Ja! Ich finde es toll."
„Hm", machte der Baum und ließ seine Blätter erneut rascheln. „Wie hast du dich gefühlt, als du das Bild gemalt hast?"
„Großartig!"
Jetzt schaukelte der Baum das Mädchen vor und zurück, als wollte er nicken.
„Und nur darauf kommt es an", sagte er. „Wenn dir das Malen Spaß gemacht hat und du dein Bild magst, ist es nicht so wichtig, was andere darüber denken."
„Aber", begann Mia und knibbelte mit den Fingern der einen Hand an ihrem Nagelhäutchen herum, während sie sich mit der anderen am Ast festhielt, „ich habe mich traurig gefühlt, als alle nur Christinas Bild angeschaut haben und dann noch nicht mal wussten, was mein Bild bedeuten soll."

„Das verstehe ich", antwortete der Baum liebevoll. „Bestimmt hat deine Freundin auch ein sehr schönes Bild gemalt. Aber das ist nun einmal ihres. Es ist ein Christina-Bild, das nur Christina malen kann. Ihr Bild ist nicht besser oder schlechter als ein anderes, es ist einfach ihres."
Mia runzelte die Stirn. „Aber ich würde auch gerne so gut malen können. Ich will, dass die anderen mein Bild toll finden."
Blätterrascheln erklang und das ärgerte Mia. Wieso lächelte der Baum denn jetzt?
„Keine Sorge, Mia, ich lache dich nicht aus", sagte der Weltenbaum. Daraufhin hielt das Mädchen kurz die Luft an. Konnte der Baum etwa ihre Gedanken lesen? Wieder raschelten die Blätter.
„Dein Bild ist wundervoll, genau so wie es ist. Du hast es gemalt und niemand anderes könnte das. Es ist ein Mia-Bild und einzigartig auf dieser Welt." Mia dachte nach. Was der Weltenbaum sagte, machte Sinn. Wahrscheinlich konnte Christina wirklich nicht das gleiche Bild wie sie malen. Außerdem wusste ihre Freundin nicht, wie glücklich Mia sich beim Malen gefühlt hatte.
„Aber ich möchte trotzdem gern, dass die anderen Kinder mein Bild auch toll finden!", sagte sie nach ein paar Sekunden.
„Ja", antwortete der Weltenbaum, „ich hätte es auch am liebsten, dass alle Menschen mich für einen ganz tollen Baum halten. Aber manche finden mich sogar viel weniger schön als die Bäume in meinem Umfeld."
„Aber du bist doch toll!" Der Weltenbaum war der einzige magische Baum, dem sie jemals begegnet

war. Wie konnte man ihn nicht toll finden? Außerdem leuchtete er heller als die Sterne!
„Nicht jeder Mensch kann mein Leuchten sehen", antwortete der Baum. „Aber daran kann ich nichts ändern, denn wie mich ein anderer sieht, liegt nicht in meiner Hand."
Mia horchte auf. Erst einmal war sie sich jetzt ganz sicher, dass der Baum auch Gedanken hören konnte, wenn sie bei ihm war. Darüber hinaus überlegte sie, wie es sein konnte, dass manche Menschen sein Leuchten nicht bemerkten.
„Ich finde, du bist der schönste Baum, den ich jemals gesehen habe", sagte Mia entschlossen.
Ein warmer, nach Blumen duftender Windstoß wirbelte ihre braunen Haare durcheinander. Das Mädchen kicherte.
„Das freut mich", antwortete der Weltenbaum, „aber es wäre auch in Ordnung, wenn du anders über mich denken würdest. Denn das Wichtigste ist, dass *ich* mich und mein Leuchten mag. Und –", fügte der Baum hinzu, „– dass ich weiß, kein Baum ist genau so wie ich. Egal, wie viele es auf der Welt gibt, ich bin und bleibe immer einzigartig. Deshalb ist es sinnlos, wenn ich mich mit der Buche dort drüben vergleiche. Die Buche ist die Buche und ich bin ich. Völlig egal, ob es jemanden gibt, der die Buche oder mich schöner findet. Ich weiß, wir sind beide auf unsere ganz eigene Art schön und wir mögen uns, so wie wir sind. Nur das zählt."
Mia atmete tief ein und nahm die Worte des Weltenbaumes in sich auf. Sie fühlten sich richtig an. Aber hatte das Mädchen sie wirklich verstanden?

„Du meinst also, dass es egal ist, ob die anderen mein Bild mögen oder nicht? Hauptsache, mir gefällt es?"

Sacht wiegte die Baumkrone vor und zurück. „Ja, denn dein Bild ist einzigartig und mit nichts in der Welt zu vergleichen. Es ist dein Schatz."

„Hm", machte Mia und auf einmal fiel ihr wieder ein, was der Weltenbaum sie letztes Mal gelehrt hatte, als sie bei ihm gewesen war.

„Und die anderen dürfen über mein Bild denken, was sie wollen."

„Richtig", sagte der Weltenbaum. „Solange es dir gefällt, ist alles in Ordnung. Und wenn du nicht zufrieden bist, versuchst du es das nächste Mal anders zu machen."

Mia nickte. Das klang vernünftig. Aber ganz zufrieden war sie noch nicht.

„Ich glaube, ich habe verstanden, was du mir sagen möchtest. Aber –"

„Ja?"

„Kann ich die anderen nicht trotzdem irgendwie dazu bekommen, mein Bild zu mögen?"

Die Blätter des Baumes raschelten. „Ob die anderen dein Bild mögen oder nicht, liegt nicht in deiner Hand. Wenn sie es mögen, kannst du dich freuen. Aber wenn nicht, dann ist das kein Grund zum Traurigsein. Dann kannst du dich nämlich daran erinnern, dass es darauf ankommt, ob *du* dein Bild magst."

Mia seufzte. „War ja klar", antwortete sie und schmollte ein bisschen. Es wäre so cool, wenn sie zaubern und auf diese Weise bestimmen könnte, wie die anderen ihr Bild finden.

„Weißt du, was das Gute daran ist, dass du weder die Gedanken noch den Geschmack der anderen beeinflussen kannst?", fragte der Weltenbaum.
Mia schüttelte den Kopf. „Wenn es nicht wichtig ist, was deine Mitschüler über dein Bild denken, kannst du immer glücklich sein. Egal, ob sie es mögen oder nicht – glücklich bist du sowieso, denn es ist *dein besonderes Mia-Bild*."
„Hm", Mia tippte sich mit dem Zeigefinger an die Lippen und überlegte, „stimmt eigentlich."
Als die Blätter des Baumes raschelten, schloss sie kurz die Augen und lächelte.
„Danke, Weltenbaum", flüsterte sie.
„Gerne, liebe Mia." Das Mädchen wäre gern noch ein bisschen an ihrem Platz hoch oben sitzen geblieben. Doch sie ahnte, dass die Pause gleich vorbei war. Deshalb verabschiedete sie sich bei dem Weltenbaum und kletterte langsam wieder hinunter.
Sie war schon wieder auf der Blumenwiese angelangt, da drehte sie sich noch einmal um. „Ich kann dein Leuchten sehen", sagte sie zum Weltenbaum. Daraufhin raschelten seine Blätter und Mia wusste, dass er lächelte.

In der nächsten Stunde hatten sie Heimatkunde. Darauf freute sich Mia, denn sie wollte Frau Kasten unbedingt noch einmal fragen, ob die Bäume draußen auf dem Schulhof wirklich Ahornbäume waren. Allerdings verspätete sich die Lehrerin um ein paar Minuten, weshalb Mia und Christina noch ein bisschen Zeit hatten, sich in Ruhe zu unterhalten.

Mia holte tief Luft, bevor sie sich zu ihrer Freundin drehte und fragte: „Kannst du mir nachher vielleicht zeigen, wie du die Buchstaben malst?"
„Na klar!", antwortete Christina sofort und ihre großen blauen Augen strahlten. „Das mache ich gern."
Darüber freute sich Mia. Sie mochte Christina nämlich sehr und war unheimlich froh darüber, so eine nette Freundin und Sitznachbarin zu haben.
„Das ist lieb", sagte sie.
Plötzlich wurde es am Nachbartisch der beiden Mädchen laut.
„Ich finde mein Bild aber viel schöner als deins!", sagte Justus und hielt eine Zeichnung hoch, auf der ein braun-weiß geflecktes Kaninchen zu sehen war.
„Nein! Mein Bild ist schöner!", widersprach seine Zwillingsschwester Julia.
Die beiden Streithähne hatten vor lauter Wut schon ganz rote Gesichter.
Während Mia die strohblonden Geschwister beobachtete, kam ihr auf einmal ein Gedanke.
„Zeig mal her!", sagte sie zu Justus und streckte die Hand nach seinem Bild aus. Der Junge reichte es ihr.
„Wow!", staunte Mia. „Der Hase sieht wirklich schön aus."
„Sein Name ist Rudi", erklärte Justus stolz.
Mia betrachtete die Zeichnung genauer. Die weiß-braunen Flecken erinnerten sie ein bisschen an Kakao- und Milchcreme.
Langsam ließ sie Justus' Bild sinken.
„Kann ich auch mal dein Bild sehen?", fragte sie Julia.

Das Mädchen am Nachbartisch nickte so eifrig, dass ihr blonder Pferdeschwanz auf- und abwippte.
„Klar, hier bitte!"
Auf Julias Bild war ein Meerschweinchen abgebildet. Sein Fell war schwarz am Körper und vorne an der Schnauze weiß. Das sah lustig aus.
„Wunderschön!", lobte Mia das Bild.
„Aber meins ist besser!", sagte Justus laut.
Seine Schwester wollte protestieren, doch in dem Augenblick reckte Mia sich über ihren Tisch und legte die beiden Bilder wieder auf ihren Platz.
„Das –", sagte sie und tippte mit dem Finger auf das mit Buntstift gezeichnete Kaninchen, „– ist ein Justus-Bild und ich finde es perfekt."
Dann wandte sie sich Julia zu und tippte auf das Meerschweinchen. „Das ist ein Julia-Bild. Und es ist genauso perfekt."
„Aber meins ist schöner!", sagte Julia.
Daraufhin zuckte Mia mit den Achseln. „Sie sind beide einzigartig. Deshalb macht es keinen Sinn sie zu vergleichen. Ein Julia-Bild ist ein Julia-Bild und ein Justus-Bild ist ein Justus-Bild."
Verwundert schauten die Zwillinge sich erst gegenseitig und dann noch einmal ihre Bilder an.
Mia nickte. „Ist so, ihr könnt es mir ruhig glauben", sagte sie und lächelte.
Die Schüler erschraken, als die Tür zum Klassenzimmer aufging.
„Entschuldigt bitte", sagte Frau Kasten, „ich habe mich etwas verspätet."
„Macht doch nichts!", rief Sven, der meistens zu allem etwas zu sagen hatte.
„Pssst", machte Christina und stupste Mia leicht an.

„Was denn?"
Christina lächelte. „Das war gerade echt cool", flüsterte sie. „Ach ja und – ich wollte dir noch sagen, dass ich dein Mia-Bild auch wunderschön finde."
„Danke", antwortete Mia leise, „ich mag dein Christina-Bild auch."
Die Mädchen strahlten sich an und spürten, wie sehr sie sich mochten. Mia wusste jetzt, dass sie sich keine Gedanken mehr darüber zu machen brauchte, ob Christina oder jemand anderes besser als sie war. Sie war einfach Mia und sie erledigte ihre Aufgaben auf Mia-Art, wie nur sie es konnte.

Nachdem sie nach der Schule mit ihren Großeltern zu Mittag gegessen und ihre Hausaufgaben erledigt hatte, spielte Mia wieder mit ihrem besten Freund Nick. Wie immer verbrachten sie die meiste Zeit in Nicks coolem Baumhaus.
„Was hast du denn da?", fragte Nick und schaute auf die weiße Ecke, die aus Mias Latzhose lugte.
„Das ist ein Bild, das ich gestern für die Schule gemalt habe."
„Zeig mal her!"
Gespannt sah Nick sie aus seinen grauen Augen an. Also zog Mia das Blatt aus der vorderen Brusttasche und faltete es auseinander.
Sofort griff Nick danach. Neugierig betrachtete er es.
„Viel Blau", sagte er.
„Das ist der Himmel", erklärte Mia.
„Und was ist das?" Nick deutete auf die braunen Linien am Rande des Bildes.

„Das sind Äste von einem Baum. Sie sind schon ganz alt und knorrig, deshalb sind sie an manchen Stellen so dick."
„Aha", antwortete Nick nachdenklich. „Und was ist das?"
Jetzt zeigte er auf die andere Ecke des Bildes, auf dem ein brauner Kasten zu sehen war. Der Braunton war etwas heller.
„Das ist dein Baumhaus."
„Echt?" Nick schaute Mia mit großen Augen an.
„Ja! Wir sollten etwas malen, das uns glücklich macht. Und ich finde es toll, hoch oben in den Bäumen zu sein. Und ich liebe es, mit dir in deinem Baumhaus zu spielen."
Nicks Sommersprossen bewegten sich, als er grinste. „Das mag ich auch", antwortete er. „Dein Bild ist schön." Sorgfältig gefaltet gab er es Mia zurück.
„Ich mag es auch", sagte das Mädchen und lächelte in sich hinein. „Es ist ein Mia-Bild."

ICH BIN EINZIGARTIG

Mia und die vergessene Aufgabe

Dicke graue Wolken hingen tief am Himmel und ließen schon seit Stunden Regen wie Bindfäden auf die Wiesen, Felder und Straßen rings um Mias Haus hinabströmen. Es war November und später Nachmittag, aber anders als sonst verbrachte Mia ihn nicht bei ihren Großeltern. Sie war zu Hause und saß am Küchentisch. Vor ihr lagen ihr Rechenheft und das Mathebuch. Es war nicht mehr viel, was sie erledigen musste. Aber heute fiel es ihr schwer, bei der Sache zu bleiben.
„Na, kommst du zurecht?" Ihr Vater kam gerade in die Küche, um nach Mia zu sehen. Er lächelte zwar, aber das Mädchen sah ihm an, dass er ganz schön müde war.

„Bin fast fertig", antwortete Mia. „Hast du schon was von Oma gehört?"
Mias Papa zog einen der Küchenstühle zurück und setzte sich zu ihr an den Tisch. „Ich habe gerade mit Mama telefoniert, Oma ist vor einer halben Stunde aus dem Operationssaal gekommen. Es geht ihr gut. Du brauchst dir keine Sorgen zu machen." Er legte seine Hand auf Mias und streichelte sanft mit dem Daumen über den Handrücken seiner Tochter.
„Dann wird Oma wieder ganz gesund?"
Mias Papa nickte. „Das wird sie."
Die Zweitklässlerin fühlte sich erleichtert. Ihre Oma war am Morgen über eine Teppichkante gestolpert und hingefallen. Daraufhin hatte der Krankenwagen kommen müssen, weil sie sich so schlimm verletzt hatte. Seitdem war die Familie ganz aufgeregt, weil sie sich Sorgen machte. Mama und Opa waren bei Oma im Krankenhaus und Papa passte auf Mia auf.
„Wann kann ich Oma denn besuchen?" Mia schaute ihren Vater mit großen Augen an. Am liebsten wäre sie sofort mit ihm ins Krankenhaus gefahren. Aber ihre Mama hatte ihr erklärt, dass sie während der Zeit, in der ihre Oma operiert wurde, sowieso nichts machen konnte.
„Am Wochenende", antwortete ihr Papa.
„Versprochen?"
„Versprochen." Mias Papa nahm seine Brille ab und rieb sich die Augen. Inzwischen peitschte der Regen so stark an die Fensterscheiben, dass man draußen kaum noch etwas erkennen konnte. Außerdem war es bereits ganz schön dunkel geworden.
„Ich mach mal das Licht an", sagte Mia und stand auf.

„Ach, entschuldige", antwortete ihr Papa und gähnte herzhaft, „das habe ich vergessen."
„Macht doch nichts, *ich* habe ja dran gedacht."
Mia drückte den Schalter neben der Tür und sofort verbreitete die Lampe über dem Küchentisch ein warmes oranges Licht. Wäre Mama hier gewesen, hätte sie schon vor einer halben Stunde das Licht angeschaltet. Sie sagte nämlich immer, bei schlechtem Licht zu lesen, sei nicht gut für die Augen.
Mia wollte sich gerade wieder hinsetzen, da sah sie draußen zwei runde Scheinwerfer, die direkt auf ihr Haus zukamen. Erst war sie sich nicht sicher, ob das Auto wirklich zu ihnen wollte. Doch als es immer langsamer wurde und schließlich die Einfahrt zu ihrer Garage hinauffuhr, rief sie: „Bekommen wir noch Besuch?"
Mama und Opa fuhren nämlich ganz andere Autos. Die konnten es also nicht sein.
Mias Papa runzelte die Stirn. „Nicht dass ich wüsste", antwortete er und stand auf.
Mia lauschte gespannt, als er die Haustür öffnete und freudig „Hallo, was machst du denn hier?" sagte.
„Überraschung!" Als Mia die Stimme hörte, rannte sie in den Flur.
„Tante Winnie!", rief sie und lief mit ausgebreiteten Armen auf die Frau mit dem großen Hut zu.
Tante Winnie trug immer einen Hut – egal zu welcher Jahreszeit. Als Mia noch jünger war, hatte sie schon einmal überlegt, ob ihre Tante vielleicht eine Hexe sein könnte. Aber da Mia sie noch nie mit einem

Zauberstab gesehen hatte, konnte das nicht stimmen.

„Da ist ja meine Lieblingsnichte!", sagte Tante Winnie und schloss Mia in ihre Arme. Das Mädchen kicherte.

„Aber ich bin doch deine einzige Nichte!"
Tante Winnie zuckte mit den Schultern, nachdem sie Mia wieder losgelassen hatte.

„Na und", antwortete sie und fuhr liebevoll mit der Hand über Mias Kopf, „du kannst doch trotzdem meine Lieblingsnichte sein." Sie zwinkerte verschwörerisch und stupste Mia mit dem Zeigefinger an die Nasenspitze. Dann wandte sie sich ihrem Bruder zu.

„Habt ihr schon gegessen?", erkundigte sie sich.
Mias Papa schüttelte den Kopf.

„Das trifft sich gut", sagte Tante Winnie, „im Kofferraum habe ich Zutaten für eine leckere Gemüsesuppe. Ich koche euch was!"

Sie machte auf dem Absatz kehrt, spannte ihren Regenschirm auf und lief noch einmal zu ihrem Wagen.

Kurze Zeit später kam sie mit einem Korb voller Gemüse zurück.

„Hat dir Charlotte etwa Bescheid gesagt, dass du vorbeikommen sollst?", fragte Mias Papa. Charlotte war Mias Mama.

„Hat sie nicht", erwiderte Tante Winnie und schob sich an ihrem Bruder vorbei Richtung Küche. „Ich hatte so ein Gefühl, dass ihr vielleicht meine Hilfe braucht. Außerdem war ich doch schon lange nicht mehr hier."

Mit diesen Worten machte sie sich an die Arbeit. Es freute Mia, dass sie ihrer Tante bei der Suppe helfen durfte. Mit ihrem Kindermesser schnitt sie die gewaschenen Möhren, Tomaten, Kohl, Suppengrün, sowie die geschälten Kartoffeln in kleine Stücke und gab sie anschließend in den großen Topf. Zum Schluss fügte Tante Winnie noch allerlei Gewürze hinzu, die sie ebenfalls mitgebracht hatte.
„Und – was machen wir jetzt?", fragte sie ihre Hilfsköchin, während sie sich die Hände an der Schürze abwischte. Sie gehörte Mias Mutter und passte überhaupt nicht zu Tante Winnies schicker Kleidung, aber das schien ihr nichts auszumachen.
„Die Suppe muss jetzt noch ein bisschen köcheln. Ich schätze, in einer halben Stunde können wir essen."
„Du könntest mir was vorlesen!", schlug Mia vor und klatschte freudig in die Hände. Ihre Tante war nämlich eine prima Vorleserin. Sicher, Mama und Papa waren auch toll, aber Tante Winnie konnte so wunderbar Stimmen nachmachen!
Mias Vater räusperte sich. Er saß am Küchentisch und las Zeitung. Er war während der Zubereitung der Suppe so still gewesen, dass Mia ihn beinahe vergessen hatte.
„Ich muss noch ein paar Hausaufgaben machen", antwortete das Mädchen, denn ihr Vater sah sie jetzt streng über den Rand der Zeitung an.
„Dann lese ich dir nach dem Essen etwas vor", versprach Tante Winnie und lächelte.

Leider wurde aus dem Vorlesen an diesem Abend nichts mehr. Nachdem Mia ihre Hausaufgaben gemacht und mit ihrem Papa und Tante Winnie

zusammen gegessen hatte, war sie sehr müde. Kaum hatte sie den Schlafanzug angezogen, die Zähne geputzt und sich ins Bett gelegt, schlief sie auch schon ein. Sie bekam nicht einmal mehr mit, wie erst Papa und danach Tante Winnie einen sanften Gutenachtkuss auf die Wange hauchten.
Am nächsten Tag in der Schule hatte Mia in den ersten beiden Stunden Matheunterricht.
Ihr Lehrer, Herr Hasenfuß, war der strengste an der ganzen Grundschule. Er unterrichtete nicht nur Mathe und Sport, sondern war auch der Schulleiter. Genau wie Tante Winnie schien er nicht sehr viel von Jahreszeiten zu halten, denn er trug sommers wie winters einen dicken karierten Pullunder über einem langärmligen Hemd.
Mathe war nicht gerade Mias Lieblingsfach, aber bisher war sie trotzdem ganz gut zurechtgekommen. Ihre Mama sagte immer, dass man für schwierige Sachen einfach ein bisschen mehr Übung brauche, als für solche, die einem von Anfang an leichtfallen. Sobald die Schülerinnen und Schüler im Chor „Guten Morgen, Herr Hasenfuß" gesagt hatten, ging der Lehrer einmal reihum. Das machte er immer zu Beginn einer neuen Stunde, um die Hausaufgaben von allen zu kontrollieren.
Als er bei Mias und Christinas Tisch ankam, rutschte Mia ein kleines Stückchen auf ihrem Stuhl nach hinten. Herr Hasenfuß machte ihr immer ein bisschen Angst. Er war so groß und hatte eine ganz tiefe Stimme.
Zuerst sah er sich Christinas Rechenheft an. Mit dem Finger strich er über die karierten Seiten und nickte nach einigen Sekunden.

Dann wandte er sich Mia zu. Das Mädchen drehte dem Lehrer das Heft so hin, dass er die Aufgaben darin lesen konnte.

„Aufgabe 3c fehlt", sagte Herr Hasenfuß mit dröhnender Stimme. Erschrocken starrte Mia auf ihr Heft.

„3c?", wiederholte sie leise, während ihre Augen über die tintenblauen Zahlen glitten. Christina stupste sie mit dem Ellenbogen an und deutete auf ihr offenes Mathebuch. Schräg unter den Aufgaben 1a, 1b, 2a, 2b, 3a und 3b gab es tatsächlich noch 3c! O nein! „Die habe ich gar nicht gesehen!", sagte Mia und schluckte. Ihr Herz klopfte doll, als sie zu Herrn Hasenfuß aufschaute.

Der Lehrer betrachtete Mia einen Moment lang. Sollte sie sich noch einmal entschuldigen? Doch bevor sie noch etwas sagen konnte, polterte der Schulleiter: „Willst du den Herrn Hasenfuß etwa anlügen?"

Mia blinzelte ein paar Mal, während er sie mit ernster Miene ansah.

„Nein", wisperte sie schließlich. Mia wollte noch hinzufügen, dass sie die Aufgabe wirklich nicht gesehen hatte, aber das traute sie sich jetzt nicht mehr.

„Du holst die Aufgabe bis morgen nach", bestimmte der Lehrer. Mia nickte. Aus dem Augenwinkel bemerkte sie, dass Christina sie mitleidig anschaute. Erst als Herr Hasenfuß zum nächsten Tisch ging, spürte Mia, dass ihr eine Träne die Wange hinunterlief. Schnell drehte sie sich seitlich zum Fenster und wischte sie mit ihrem Ärmel weg. Sie wollte nicht, dass ihr Lehrer dachte, sie hätte ihn

angelogen. Außerdem war es doch die Wahrheit, dass sie die Aufgabe 3c übersehen hatte! Wahrscheinlich war das passiert, weil sie gestern so aufgeregt wegen Oma gewesen war.
Während der restlichen Stunden nahm Herr Hasenfuß Mia kein einziges Mal dran. Na gut, vielleicht lag es auch daran, dass sie sich nicht mehr meldete. Jedes Mal, wenn der Lehrer in ihre Richtung schaute, hatte Mia das Gefühl, dass er wütend auf sie war. Gleichzeitig war sie selbst wütend auf ihn, weil er vor der ganzen Klasse gesagt hatte, sie hätte ihn angelogen. Unter dem Tisch ballte Mia eine Hand zur Faust. In einem Film hatte sie mal gesehen, dass das Leute so machten, wenn sie sehr sauer waren. Insgeheim hoffte sie, das würde vielleicht helfen. Aber das tat es nicht.

Auch als Mia später nach Hause kam und ihre Eltern berichteten, dass es Oma schon wieder richtig gut ging, besserte sich ihre Laune nur ein wenig. Sie freute sich darüber, dass ihre Großmutter bald wieder gesund sein würde. Aber die Situation mit Herrn Hasenfuß ging ihr einfach nicht mehr aus dem Kopf.
Nicht einmal der Besuch ihrer Tante konnte etwas daran ändern.
„Ich habe das Gefühl, dich bedrückt irgendetwas", sagte Tante Winnie, als sie Mia am Nachmittag lustlos auf ihrem Bett liegen und an die Zimmerdecke starren sah.
Mia seufzte. „Heute war was Blödes in der Schule."

„Darf ich?" Winnie deutete auf Mias Bett. Die Siebenjährige nickte und rutschte ein Stückchen zur Seite, damit ihre Tante sich neben sie setzen konnte. Zärtlich streichelte Tante Winnie über Mias Wange. Sie hatte ganz viele Ringe an ihren Fingern und lange rot lackierte Nägel. „Etwa ein Problem für den Weltenbaum?"
Mia dachte einen Augenblick nach. „Kann schon sein", antwortete sie.
Ihre Tante lächelte. „Wollen wir mal zusammen sehen, ob wir uns mit dem Weltenbaum verbinden können?"
Mia rümpfte die Nase. „Können wir ja mal versuchen." Sie hatte schon lange nicht mehr mit dem Weltenbaum gesprochen. In letzter Zeit hatte immer alles so gut geklappt, dass sie kaum noch an ihn gedacht hatte.
„Schließ deine Augen", sagte Winnie mit sanfter Stimme. Ihre Nichte gehorchte. „Stell dir vor, du stehst inmitten einer wilden Blumenwiese", sprach ihre Tante weiter. In Gedanken sah Mia die vielen bunten Blüten vor sich, sie roch das frische Gras und den Blumenduft. Und dann, ganz plötzlich, bemerkte sie auch die Bäume, die rings um die Wiese standen. Ein Baum zog ihre Aufmerksamkeit ganz besonders auf sich. Er war größer und sein Stamm viel dicker als die der anderen und er leuchtete beinahe so hell wie die Sonne.
Mia hörte die Stimme ihrer Tante, aber sie war jetzt ganz weit weg und nur noch schwer zu verstehen. Doch das machte nichts, denn Mia wusste ganz genau, was zu tun war. Sie lief auf den Baum zu und streckte eine Hand aus, um die raue Rinde unter

ihren Fingern zu spüren. Gleichzeitig fühlte sie eine angenehme Wärme in ihrer Brust. Geschwind wie ein Vögelchen schwang sie sich von Ast zu Ast und kletterte bis ganz nach oben in die Baumkrone.
Sie musste gar nichts sagen, denn der Weltenbaum hatte sie längst erkannt.
„Schön, dass du mich mal wieder besuchst, Mia", sagte der Baum.
„Tut mir leid, dass ich so lange nicht mehr da war", antwortete die Zweitklässlerin.
„Das macht doch nichts. Du kannst kommen, wann du möchtest. Immer dann, wenn du mich brauchst."
Mia lehnte ihren Kopf gegen einen der Äste und atmete tief ein. Schließlich erzählte sie dem Baum alles. Sie sagte ihm auch, dass sie sich vor Herrn Hasenfuß fürchtete.
Als Mia fertig war, wusste der Weltenbaum außerdem, dass sie versehentlich eine Hausaufgabe vergessen hatte und ihr Lehrer daraufhin dachte, sie würde lügen.
„Ich bin wütend deswegen", fügte Mia zum Schluss noch hinzu.
Eine Zeit lang schaukelte der Baum das Mädchen einfach sanft von einer Seite zur anderen. Irgendwann spürte Mia, dass sie sich entspannte. Auch das ärgerliche Grummeln in ihrem Bauch nahm ein bisschen ab.
„Ich kann verstehen, dass du dich so fühlst", sagte der Weltenbaum. „Danke, dass du dich mir anvertraut hast. Das ist sehr mutig von dir."
„Aber was soll ich denn jetzt machen? Am liebsten würde ich nie wieder Unterricht bei Herrn Hasenfuß haben!"

Mia dachte an ihre liebe Klassenlehrerin Frau Kasten. Wie schön wäre es, wenn *sie* alle Fächer unterrichten würde!

„Hast du irgendeine Idee, wie du deinem Lehrer beweisen könntest, dass du die Aufgabe wirklich übersehen und nicht gelogen hast?", wollte der Weltenbaum wissen.

Angestrengt überlegte Mia. „Mir fällt nichts ein. Hast du eine Idee?"

Kurz war es still. Wahrscheinlich fand der Weltenbaum diese Frage genauso schwierig wie sie. „Es tut mir leid, aber mir fällt auch nichts ein", antwortete der Baum nach einigen Augenblicken.

Mia war enttäuscht. Der Weltenbaum hatte ihr doch sonst immer so gut geholfen! War sie etwa schon zu alt, um mit ihm zu sprechen?

„Wenn du ihm gesagt hast, dass es ein Versehen war und er dir trotzdem nicht glaubt, kannst du nichts weiter tun."

„Ich will aber nicht, dass er denkt, ich wäre eine Lügnerin!" Trotzig presste sie die Lippen aufeinander.

„Kannst du dich noch daran erinnern, was du die letzten beiden Male gelernt hast, als du bei mir warst?", fragte der Weltenbaum.

Mia verdrehte die Augen.

„Hm?", machte der Baum. Er spürte, dass sie die Antwort zwar wusste, sie aber nicht so gerne laut aussprechen wollte. Mia seufzte. „Ich kann Herrn Hasenfuß seine Gedanken nicht verbieten. Auch wenn ich sie blöd und unfair finde", antwortete sie schließlich.

„Das stimmt", bestätigte der Weltenbaum. „Weißt du auch noch, was das Allerwichtigste ist?"

Mia dachte an ihre alten Schuhe, die Tante Winnie ihr geschenkt hatte und an das Bild, das sie vom Himmel, dem Baumhaus und den Ästen des Weltenbaumes gemalt hatte. Und auf einmal wusste sie, was ihr jetzt helfen würde.
„Ich weiß genau, dass ich keine Lügnerin bin", sagte Mia. Ein warmer Windzug brachte ihre braunen Haarsträhnen zum Tanzen und ihre rosigen Lippen zum Lächeln. Sie fühlte sich ganz leicht und der Gedanke an Herrn Hasenfuß war nur noch halb so schlimm. Zwar mochte sie ihn immer noch nicht so besonders, aber sie würde die Hausaufgaben einfach nachreichen und damit war die Sache erledigt. Es kam auf das Gefühl tief in ihrem Herzen an. Sie war ein ehrliches Mädchen und hatte die Wahrheit gesagt. Nur das zählte.
Die Blätter des Weltenbaumes raschelten, woraufhin Mia sich noch mehr freute.
„Du hast schon viel gelernt", lobte der Weltenbaum und wiegte sie weiter hin und her.
„Ich bin ja auch schon in der zweiten Klasse", sagte Mia stolz.
„Schon in der zweiten Klasse", murmelte der Baum. „Wie die Zeit vergeht."
Mia grinste. „Das sagen meine Großeltern immer. Und Mama und Papa auch."
Wieder raschelten in die Blätter des Baumes.
„Danke für deine Hilfe." Mia drückte einen Kuss auf den knorrigen Ast. „Ich habe dich lieb."
„Ich habe dich auch lieb, Mia."
Nachdem sie sich von dem Weltenbaum verabschiedet hatte, kletterte sie wieder hinunter.

„Eine Sache noch", sagte der Baum. Mia horchte auf. „Denkst du daran, auch immer mit deinen Eltern über alles zu reden, was wir beide besprechen?"
„Na klar!", antwortete Mia wie aus der Pistole geschossen. „Dafür sind Eltern doch da."
„So ist es", gab ihr der Weltenbaum recht und raschelte ein letztes Mal mit seinen Blättern.
Als Mia die Augen wieder öffnete, saß ihre Tante noch immer neben ihr auf dem Bett.
„Und", fragte sie und schaute Mia neugierig an, „hast du dich mit dem Weltenbaum verbunden?"
Lächelnd nickte Mia und legte ihren Kopf in Winnies Schoß. „Ich habe ganz schnell vergessen, dass ich eigentlich hier im Bett liege und war auf einmal wieder in dieser anderen, magischen Welt."
„Fantastisch", erwiderte Winnie, strich über Mias Haar und seufzte zufrieden.

Als Herr Hasenfuß Mia am nächsten Morgen aufforderte, ihm die versäumte Aufgabe zu zeigen, fühlte sie sich viel weniger aufgeregt als noch am Tag zuvor.
„Ich wollte Ihnen noch sagen, dass ich die Aufgabe wirklich übersehen habe", erklärte Mia mit fester Stimme. Sie hatte am Abend noch mit Mama und Papa darüber gesprochen. Beide hatten ihr versichert, dass sie immer hinter ihr ständen und ihr glaubten. Sie hatten vorgeschlagen, mit Herrn Hasenfuß zu reden, aber Mia wollte es erst noch einmal allein versuchen. „Ich bin keine Lügnerin", sprach sie weiter und schaute ihrem Lehrer direkt in die Augen. „Ich war nur so aufgeregt vorgestern, weil meine Oma ins Krankenhaus gekommen ist.

Wahrscheinlich habe ich Nummer 3c deshalb übersehen."

Herr Hasenfuß sah Mia einige Sekunden stirnrunzelnd an. Es kam ihr wie eine halbe Ewigkeit vor, bis er schließlich sagte: „Konzentriere dich beim nächsten Mal besser." Er warf einen kurzen Blick auf die nachgeholte Aufgabe und räusperte sich. Mias Handflächen waren ganz nass geschwitzt, weil sie so nervös war. „Entschuldige bitte, dass ich dir gestern nicht geglaubt habe." Während der Lehrer das sagte, verzog er keine Miene und schaute genauso ernst wie immer.

Herr Hasenfuß war fast so alt wie ihre Großeltern, aber im Gegensatz zu ihnen lächelte er nie. Trotzdem – er war auch nur ein Mensch und vielleicht hatte ihm einfach noch niemand gesagt, dass das Leben viel schöner war, wenn man ab und zu gute Laune hatte und nicht immer ganz so streng war.

Aber das war egal, denn die Hauptsache war, dass Mia sich jetzt nicht mehr schlecht wegen der übersehenen Aufgabe fühlte. Und morgen war schon Wochenende und sie würde endlich ihre Oma wiedersehen!

ICH BIN MUTIG

Mia und der Schwimmunterricht

„Dreh mal lauter, Liebling", sagte Mias Mama, als sie gerade zusammen am Frühstückstisch saßen. Mias Papa trank noch einen Schluck Kaffee, dann stand er auf und ging hinüber zum Küchenschrank, auf dem das Radio stand.
Gespannt lauschte die Familie der Ansage des Wettermannes.
„Och, schade! Schon wieder kein Schnee!", beschwerte sich Mia und schob die Unterlippe vor. Es war Dezember und schon in wenigen Wochen würde der Weihnachtsmann kommen. Da musste es doch Schnee geben!

„Warten wir's mal ab", sagte ihre Mama und lächelte aufmunternd. „Der Wetterdienst liegt auch nicht immer richtig. Vielleicht haben wir ja Glück."
„Ach, Schatz", sagte Mias Papa, „jetzt mach ihr keine falschen Hoffnungen."
„Man weiß nie", antwortete Mias Mama und warf ihrem Mann einen liebevollen Blick zu.
Als Mia wenig später an der Haustür stand, wickelte ihre Mama den rosa Schal einmal mehr um den Hals ihrer Tochter und zog den Reißverschluss noch ein Stück höher.
„Es ist kalt draußen."
„Ich weiß, Mama", sagte Mia, denn ihre Mutter erinnerte sie schon seit Wochen beinahe jeden Tag daran.
„Und denk daran, dir nach dem Schwimmen die Haare zu föhnen –"
„Sonst wirst du krank", beendete Mia kichernd den Satz der Mutter, denn inzwischen kannte sie ihn auswendig.
Ihre Mama schaute sie einen Augenblick lang überrascht an, dann schmunzelte sie.
„Ich sage dir das nur, weil ich dich liebe." Sie gab Mia einen Kuss.
„Ich dich auch." Mia und ihre Mutter umarmten sich, bevor Mia sich auf den Weg zur Schwimmhalle machte.
Seit Beginn des zweiten Schuljahres hatte sie Schwimmunterricht in der Schule und bisher hatte ihr diese Doppelstunde immer besonders viel Spaß gemacht. Mia liebte das Wasser und ihre Eltern sowie Großeltern sagten nicht umsonst von ihr, dass sie eine kleine Wasserratte war. Trotzdem war ihr an

diesem Morgen ein wenig mulmig zumute. Heute sollte ihre Klasse nämlich das erste Mal mit der Klasse 2b zusammen schwimmen. Ausgerechnet die 2b! Mia presste die Lippen aufeinander und verzog das Gesicht, als sie daran dachte. Zu dieser Klasse gehörte nämlich auch Paul Wiesner. Das war der Junge, der sie vor mehr als einem Jahr in der Pausenhalle angerempelt und über ihre Schuhe gelacht hatte.

Seitdem hatte Mia während der Pausen alles darangesetzt, ihm aus dem Weg zu gehen. Das war ihr nicht allzu schwer gefallen, denn inzwischen hatte sie viele Freunde, mit denen sie sich die Zeit vertreiben konnte.

Aber in der kleinen Schwimmhalle würde er sie garantiert bemerken, auch wenn sie sich bei ihren Freunden aufhielt. Was, wenn er wieder etwas Gemeines zu ihr sagen und sie ärgern würde?

„Hey, Mia!", begrüßte Christina sie freudig, als sie vor dem Eingang der Schwimmhalle ankam.

„Hey", sagte Mia und lächelte. Christina stand mit den Zwillingen Julia und Justus zusammen und sie unterhielten sich darüber, was sie sich zu Weihnachten wünschten.

„Und was wünscht du dir?", fragte Justus Mia. Die Siebenjährige schreckte hoch, denn sie hatte gar nicht richtig zugehört. Stattdessen hatte sie Ausschau nach den Schülern der 2b gehalten und gehofft, dass Frau Kasten gleich kommen und aufschließen würde. Ein paar Mädchen und Jungen der anderen Klasse waren bereits da und standen ebenfalls in kleinen Gruppen vor der Schwimmhalle.

Aber Paul Wiesner war nicht dabei. Hoffentlich war er heute krank!

„Mia!", erinnerte Christina ihre Freundin daran, dass alle noch auf eine Antwort von ihr warteten.

„Ich habe mir ein Trampolin gewünscht", antwortete Mia.

„Cool!", sagte Justus und strahlte. „Julia und ich haben auch eins!"

Mia wollte die Zwillinge gerade fragen, ob sie eins für drinnen oder draußen hatten, da kam Frau Kasten um die Ecke und grüßte mit einem freundlichen „Guten Morgen". Inzwischen waren schon so viele Schüler vor der Halle, dass beide Klassen vollständig sein mussten. Wahrscheinlich würde Paul heute wirklich nicht kommen und sie hatte noch einmal Glück. Zwar hatten sie in der nächsten Woche wieder zusammen Unterricht, aber bis dahin war wenigstens noch ein bisschen Zeit.

„Du bist heute irgendwie komisch", sagte Christina, als sie in der Umkleide waren und ihre Schwimmsachen anzogen.

„Ich habe nur keine Lust darauf, dass wir jetzt immer mit der anderen Klasse zusammen Schwimmen haben", antwortete Mia.

Christina zuckte mit den Schultern. „Ich auch nicht. Aber vielleicht wird's ja ganz gut."

Mia nickte. Wahrscheinlich hatte ihre Freundin recht. Sie klemmte sich ein Handtuch unter den Arm und schlüpfte in ihre Badelatschen. Christina war schon fertig und wartete neben der Tür auf Mia.

„Weißt du, was heute drankommt?", fragte sie.

Mia schüttelte den Kopf.

„Wir üben für das Seepferdchenabzeichen", sagte Christina freudig.

Als Mia und Christina die Halle mit dem großen Schwimmbecken betraten, saßen die meisten Schüler bereits auf der langen Holzbank an der Wand. Frau Kasten stand vor ihnen. Obwohl sie selbst nie ins Wasser ging, trug sie immer eine Badehaube und eine Taucherbrille, die sie auf die Stirn geschoben hatte. Mia fand, dass das ziemlich lustig aussah. Gleichzeitig war sie unheimlich froh, dass Frau Kasten Schwimmen unterrichtete und nicht Herr Hasenfuß, den sie ja schon in Sport hatte.
„Wer von euch hat sich gemerkt, was wir heute machen?", fragte Frau Kasten, als die Zeiger der großen Wanduhr auf acht standen. Sofort schoss Christinas Arm nach oben.
„Ja, Christina?" Frau Kasten zeigte auf Mias Freundin und lächelte. Verstohlen warf Mia einen Blick nach rechts. Dort saßen die Schüler der Klasse 2b. Leider saß ein großes, schlankes Mädchen so weit vorne auf der Kante der Bank, dass sie die Sicht auf die Schüler und Schülerinnen dahinter verdeckte.
„Fürs Seepferdchen üben!", antwortete Christina und es war ihr anzuhören, wie sehr sie sich darauf freute.
„Richtig", bestätigte Frau Kasten und nickte. „Und weil ihr heute das erste Mal alle zusammen seid, möchte ich, dass ihr euch für das Üben mit den Schülern und Schülerinnen der jeweils anderen Klasse vermischt." Ein Stöhnen ging durch die Reihen.
„Oh, ne!", rief Sven, der links von Mia saß.

„Kinder!", ermahnte die Lehrerin. „Beruhigt euch bitte! Das wird Spaß machen, ihr werdet sehen!"
Aufgeregt hibbelte Christina mit den Füßen. Genau wie Mia liebte sie es, zu schwimmen und konnte es kaum erwarten, endlich ins Wasser zu dürfen.
„Zählt bitte von eins bis vier durch und merkt euch eure Nummer", sagte Frau Kasten und zeigte auf Klara, die ganz vorne auf der Bank saß. Nachdem alle Kinder der Klasse 2a und 2b gezählt hatten, sagte Frau Kasten, alle Kinder mit der gleichen Nummer sollten sich in Gruppen zusammenfinden.
„In euren Gruppen übt ihr gleich das Springen vom Beckenrand, zwei Bahnen schwimmen und das Tauchen", erklärte Frau Kasten, während sie die Gruppen noch einmal in Dreiergruppen unterteilte.
Als sie fertig war, fragte sie: „Habt ihr mich verstanden?"
Die Schüler antworten mit einem „Ja" – alle, bis auf Mia. Sie stand wie angewurzelt da und schaute angestrengt zu Boden.
In ihrer Gruppe waren Lilly aus ihrer Klasse und Paul Wiesner aus der 2b!
Mia wagte kaum zu atmen und wünschte, sie könnte zaubern und sich einfach in Luft auflösen. Bisher hatte Paul noch nichts zu ihr gesagt. Aber würde das auch so bleiben?
Manche der Gruppen begannen mit dem Tauchen, andere mit dem Springen. Mias Gruppe war zuerst mit Schwimmen dran.
Wenn einer aus ihrer Dreiergruppe schwamm, sollten die anderen ihn anfeuern.

Lilly fing an. Mia mochte das Mädchen mit den schwarzen Korkenzieherlocken. Sie war nett und konnte sehr gut Witze erzählen.

„Wünscht mir Glück, Leute!", rief Lilly, bevor sie mit einem Satz ins Wasser sprang. Jetzt standen nur noch Mia und Paul am Beckenrand. Der dunkelblonde Junge hatte seine Brille abgenommen, weshalb Mia ihn vorhin auf der Bank nicht gleich erkannt hatte.

„Du bist doch die mit den komischen Schuhen, oder?", fragte er, als Lilly gerade am Ende der ersten Bahn angekommen war und eine Wende machte. Mia starrte stur geradeaus auf das türkise Wasser. „Hast du mich gehört?" Aus dem Augenwinkel bemerkte sie, dass Paul sie anschaute.

Zwar war Mia ihm damals mutig gegenübergetreten, aber das änderte nichts daran, dass sie diesen Jungen nicht leiden konnte. „Hey! Ich rede mit dir!", sagte Paul, weil Mia noch immer nicht geantwortet hatte. Wie sollte sie sich mit ihm in der Gruppe nur richtig auf das Seepferdchenabzeichen vorbereiten?

„Ihr solltet mich doch anfeuern!", sagte Lilly, die auf einmal aus dem Wasser auftauchte und sich am Beckenrand hochdrückte.

„Oh, ja, ganz vergessen!", erwiderte Mia und lächelte entschuldigend. Daran hatte sie gar nicht mehr gedacht!

„Du kannst ja doch noch reden", sagte Paul und grinste. Er war als Nächster mit dem Schwimmen an der Reihe.

„Aber nicht mit dir", antwortete Mia grimmig.

„Was ist denn los?", wollte Lilly wissen, als Paul im Wasser war. Anders als Lilly war er nicht hineingesprungen, sondern hatte sich erst auf den Beckenrand gesetzt und war dann ganz langsam ins Wasser geglitten.

Mia verschränkte trotzig die Arme vor der Burst. „Ach nichts."

Gemeinsam mit Lilly lief sie an der Längsseite des Beckenrandes
entlang und klatschte in die Hände, während ihre Teamkollegin laut „Weiter so, Paul! Du schaffst das!" rief. Dabei hatte sie überhaupt keine Lust, Paul anzufeuern. Hinzu kam, dass er auch noch ein ziemlich guter Schwimmer war. Rasend schnell hatte er die zwei Bahnen beendet.

Dann war Mia an der Reihe. Kurz tauchte sie die Zehen in das Wasser. Es war nicht gerade so warm wie in der Badewanne, aber auch nicht total kalt. Außerdem waren es in der Schwimmhalle bestimmt fünfundzwanzig Grad. Also Augen zu und rein!

Kaum hatte Mia den ersten Schwimmzug gemacht, hörte sie Pauls Stimme vom Beckenrand. „Los Mia, weiter!" Sie versuchte, sich auf das Schwimmen zu konzentrieren. Aber das fiel ihr schwer, denn Paul hatte wirklich eine ganz schön laute Stimme. Wie gern wäre sie mit einem Satz aus dem Wasser gesprungen und hätte ihm verboten, sie weiter anzufeuern. Bestimmt meinte er es eh nicht ernst!

Mia war so mit ihren wütenden Gedanken über den doofen Paul beschäftigt, dass sie nach einer Bahn schon völlig aus der Puste war. Als sie gerade einmal die Hälfte der zweiten Bahn geschwommen war, konnte sie nicht mehr.

„Alles okay?", fragte Lilly besorgt, als Mia mit letzter Kraft zum seitlichen Beckenrand schwamm und aus dem Wasser kletterte.

„Ich muss was trinken", antwortete Mia und lief zu der Mädchenumkleide.

„Manno", schimpfte sie leise vor sich hin. In den vorherigen Stunden hatte sie die zwei Bahnen doch auch geschafft. Daran war nur Paul schuld!

Seufzend setzte sie sich auf die Bank gegenüber von ihrem Spind und stützte ihr Kinn auf den Händen ab. Was, wenn sie wegen diesem Blödmann ihr Abzeichen nicht bekam?

Besorgt schaute sie zur Tür. Sie musste gleich wieder zurück in die Halle, das wusste sie. Am liebsten hätte sie sich jetzt mit dem Weltenbaum verbunden. Er wusste bestimmt, was zu tun war. Aber dafür hatte sie im Moment nicht genügend Zeit.

Oder etwa doch?

Kurzerhand schloss sie die Augen und atmete dreimal tief durch. Sie stellte sich die Blumenwiese vor und die Bäume. Schnell rannte sie auf den einen zu, der hell erstrahlte. Als sie über seine Rinde strich, überkam sie wieder das warme Gefühl in ihrer Brust. Daraufhin schwang sie sich auf den tiefsten Ast und kletterte von dort aus bis ganz nach oben in die Baumkrone.

„Hallo, Mia!", grüßte der Weltenbaum.

„Hallo, Weltenbaum! Ich brauche ganz dringend deine Hilfe!", sagte die Siebenjährige atemlos. „Und ich habe nicht viel Zeit!"

„Dann schieß mal los, wo drückt denn der Schuh?"

Ohne einmal Pause zu machen, berichtete Mia von ihrem Problem mit Paul und dem Seepferdchenabzeichen. Der Weltenbaum hörte geduldig zu. Als sie fertig war, atmete Mia so tief ein, als hätte sie mindestens eine Stunde lang die Luft angehalten.

„Ist es wirklich Pauls Schuld, dass du die Bahn nicht geschafft hast?", fragte der Weltenbaum freundlich.

„Ja!", sagte Mia sofort. „Weil ich besser sein wollte als er, bin ich ganz schnell losgeschwommen und dann konnte ich nicht mehr."

Behutsam schaukelte der Baum sie hin und her. „Hat Paul dir gesagt, dass du so schnell schwimmen sollst?"

Mia senkte den Blick. „Nein, hat er nicht", sagte sie leise. „Aber ich kann ihn nicht leiden. Und er mag mich auch nicht. Was ist, wenn ich wegen ihm das Seepferdchen nicht schaffe?"

„Hattest du mir nicht eben erzählt, dass Paul dich sogar angefeuert hat?" Sacht schaukelte der Weltenbaum Mia weiter, während er auf ihre Antwort wartete.

„Ja, aber er hat es nicht ernst gemeint!", antwortete sie wütend.

„Woher weißt du das?"

„Ich weiß es eben." Bockig reckte Mia das Kinn vor. Sie brauchte nur an den doofen Paul zu denken, schon hatte sie schlechte Laune. Wenn sie doch bloß wieder getrennt voneinander Schwimmunterricht hätten!

„Wie wäre es, wenn du ihn zur Rede stellst und fragst, ob er es ernst gemeint hat?"

„N-n-ein", antwortete Mia stockend, „dann würde er mich bestimmt auslachen."
„Hm", machte der Baum.
„Ich habe nicht so viel Zeit", erinnerte Mia ihn. „Kannst du mir jetzt bitte sagen, was ich machen soll?"
Ein warmer Windzug streifte ihr Gesicht und ließ den Duft des Waldes in ihre Nase steigen. Wie schön es wäre, wenn sie noch ein bisschen länger bleiben könnte. Hier beim Weltenbaum war immer alles ganz leicht. Bei ihm fühlte sie sich geborgen.
„So wie ich das sehe, liebst du das Wasser. Es ist schade, dass du etwas so Wunderbares wie das Schwimmen nicht genießen kannst, nur weil du mit einem Jungen in einer Gruppe bist, den du nicht magst", antwortete der Weltenbaum.
Mia seufzte. Sie wusste, dass er recht hatte. Wahrscheinlich würde er ihr gleich raten, sie solle sich vorstellen, Paul wäre nicht da. Aber so einfach ging das nicht!
Jetzt raschelten die Blätter des Baumes. „Ich verrate dir einen Trick", sagte er und hatte offenbar schon wieder ihre Gedanken gehört, „konzentriere dich auf das Wasser und wie schön es ist, darin zu schwimmen. Wenn du merkst, dass du wieder an Paul und daran denkst, dass er dich vielleicht nicht leiden kann, lenkst du deine Gedanken einfach wieder auf das Wasser. Es dauert ein bisschen, aber mit der Zeit wirst du so gut darin, dass du nicht mehr an Paul denkst. Du wirst spüren, wie gut es sich anfühlt, glücklich zu sein. Und wie wunderbar es ist, dass du dieses Gefühl immer wieder hervorholen

kannst. Das kann dir niemand wegnehmen, Mia. Auch nicht Paul."

„Ich wünschte trotzdem, er wäre nicht in meiner Gruppe", erwiderte Mia, denn das war die Wahrheit. Trotzdem nahm sie sich vor, es mal mit der Methode des Weltenbaumes zu versuchen. Schließlich hatten seine Ratschläge sonst auch immer geholfen.

„Manchmal", sagte der Weltenbaum, „ist ein Mensch nicht so, wie du anfangs glaubst. Auch wenn du eine ganz schlechte Meinung von ihm hast. Vielleicht stellst du irgendwann fest, dass er doch nicht ganz so doof ist."

„Das kann ich mir bei Paul wirklich nicht vorstellen", widersprach Mia, „er ist einfach ein Blödi!"

Wieder raschelten die grünen Blätter des Baumes.

„Ich muss jetzt los! Danke, dass du mir wieder geholfen hast!", fügte sie eilig hinzu und streichelte über den Ast, bevor sie wieder hinunterkletterte.

„Viel Spaß und Erfolg beim Schwimmen, liebe Mia", antwortete der Weltenbaum. Kaum hatten Mias nackte Füße das weiche Gras erreicht, hörte sie von weit weg eine Frauenstimme.

„Da bist du ja!"

Mia riss die Augen auf. Sie war wieder in der Umkleide. Die Tür stand offen und Frau Kasten sah sie fragend an. „Ist etwas nicht in Ordnung? Fühlst du dich nicht gut?"

„Es geht schon wieder", antwortete Mia. „Ich brauchte nur ein paar Minuten für mich. Entschuldigung, dass ich mich nicht abgemeldet habe."

„Ist schon gut." Frau Kasten lächelte. „Kommst du mit raus?"

Mia nickte. Als sie wieder zu Lilly und Paul stieß, sagte sie: „Kann ich die Bahnen noch mal schwimmen?"
„Wir sind jetzt mit Tauchen dran", erklärte Lilly.
„Oh!", entfuhr es Mia. Sie hätte nicht gedacht, dass sie so lange in der Umkleidekabine war.
„Du kannst es ja übernächste Woche noch mal üben. Da schaffst du es bestimmt!", sagte Lilly. Dann wandte sie sich Paul zu und fragte: „Willst du dieses Mal anfangen?"
„Äh … okay." Langsam trat Paul vor bis an den Beckenrand.
„Die Ringe habe ich schon reingeworfen", verkündete Lilly. „Drei Stück, für jeden einen!" Sie zwinkerte Mia zu.
Mia lächelte. Auf einmal machte es ihr gar nicht mehr so viel aus, dass Paul auch in ihrer Gruppe war.
„Na los!", sagte Lilly, weil Paul immer noch nicht gesprungen war. Sein Gesicht war plötzlich ganz blass geworden und seine Augen leicht geweitet. Hatte er etwa Angst zu springen?
Mia dachte an das Gespräch mit dem Weltenbaum und trat zwei Schritte vor.
„Du könntest deine Augen zumachen. Dann ist es nicht mehr so schlimm", sagte sie, als sie neben Paul stand.
Der Junge schaute kurz auf. Als sein Blick Mias begegnete, formte er mit den Lippen ein lautloses „Okay". Dann wandte er sich wieder dem Wasser zu, kniff die Augen fest zusammen, atmete tief ein und sprang.
Mia konnte nicht anders und lächelte, als er mit dem roten Ring in der Hand wieder auftauchte.

„Yeah! Paul! Gut gemacht!", rief Lilly und klatschte.
„Danke", murmelte Paul, nachdem er aus dem Becken gestiegen und wieder bei der Gruppe angekommen war. Kurz schaute er Mia wieder in die Augen und sie fand, dass seine sehr schön waren. Sie hatten die Farbe des Wassers und leuchteten ein bisschen.
„Guckt mal! Es schneit!", rief Sven so laut, dass er alles andere übertönte.
Beinahe gleichzeitig schauten alle Schüler und Schülerinnen der Klasse 2a und 2b aus den hohen Fenstern der Halle. Und tatsächlich: Aus den hellgrauen Wolken am Himmel stoben dicke weiße Schneeflocken!

ICH BIN LIEBENSWERT

Mia und das Trampolin

Nur wenige weiße Wölkchen hingen am strahlend blauen Himmel. Vögel zwitscherten fröhlich und die Sonne strahlte mit den ersten Tulpen des Jahres um die Wette. Mia freute sich, denn ihre Eltern hatten endlich das Trampolin im Garten aufgebaut. Sie hatte es sich zu Weihnachten gewünscht und würde heute das erste Mal darauf springen!
Während ihr Papa es aufbaute, wurden ihre Augen immer größer. Gleich war es fertig. Unruhig trippelte die Achtjährige von einem Fuß auf den anderen.
„Mia!", rief ihre Mutter aus dem Flur, „deine Freunde sind da!"
„Schick sie bitte nach hinten!", erwiderte Mia, denn sie wollte ihren Vater keine Sekunde aus den Augen

lassen. Nicht, dass er noch als Erster auf dem Trampolin sprang!

„Komm her und begrüße sie, Liebes!", rief Mias Mama.

Mia stöhnte. „Nicht drauf gehen!", warnte sie ihren Vater.

„Mal sehen", antwortete er und grinste.

„Oooh, Papa!", schimpfte Mia und stemmte die Hände in die Hüften. Ihr Vater konnte wirklich unmöglich sein.

„Mia!", rief ihre Mutter wieder.

„Na hopp, hopp!", sagte Mias Papa und ging in die Hocke, um die letzte Stütze des Trampolins zu überprüfen. „Sonst schickt sie deinen Besuch wieder weg." Mia rollte mit den Augen. Das würde ihre Mama nie tun. Aber sie lief jetzt trotzdem ins Haus, denn sie freute sich auf ihre Freunde.

Als sie in den Flur kam, waren Julia, Justus, Christina und Lilly gerade dabei ihre Schuhe auszuziehen.

„Hallo!", sagte Mia und strahlte die Besucher freudig an.

„Hey, Mia!"

„Hast du Nick gar nicht eingeladen?", wollte ihre Mutter wissen.

„Doch, aber der hat heute einen Schulausflug. Er kommt später."

„Aber heute ist doch Samstag!", sagte Justus.

„Nick ist auf einer anderen Schule. Er hat manchmal samstags Unterricht. Aber nur ganz selten", erklärte Mia. „Kommt, ich zeige euch mein Trampolin!"

Als Mia die Terrassentür öffnete, war sie erleichtert. Ihr Papa saß auf einem der weißen Gartenstühle und las Zeitung. Gott sei Dank!
„Boah, das ist ja riesig!", staunte Christina beim Anblick des Trampolins.
„Aber echt!", stimmte Julia ihr zu. Mia grinste breit. „Ja, ich weiß", sagte sie, „es ist richtig cool!" Dann schob sie das schwarze Netz beiseite, das als Fallschutz diente und kletterte auf das Trampolin.
„Erster!", rief sie freudig und begann zu hüpfen.
„Nicht ganz!", antwortete ihr Papa und ließ die Zeitung auf seinen Schoß sinken. „Ich war vorhin schon mal kurz drauf. Als du an der Tür warst." Mia erstarrte. Die anderen waren inzwischen auch mit auf dem Trampolin und sprangen, weshalb Mia automatisch hoch geschleudert wurde.
„Aber *ich* wollte doch zuerst!", sagte sie in einem quengeligen Ton und schob die Unterlippe vor.
„Ich mache doch bloß Spaß." Mias Vater lächelte, als er das grummelige Gesicht seiner Tochter bemerkte.
In diesem Augenblick kam Mias Mutter durch die Terrassentür. Sie trug ein Tablett mit Limonade, Gläsern und Salzkräckern in einem weißen Schälchen.
„Für später", sagte sie und stellte alles auf dem Tisch in der Mitte der Terrasse ab.
Mias Papa stand auf, mopste sich einen Kräcker und ging anschließend zusammen mit seiner Frau ins Haus.
„Das macht so einen Spaß!", jauchzte Lilly und ließ sich mit dem Popo zuerst auf das weiche Trampolin

plumpsen. Sogleich wurde sie wieder in die Luft katapultiert, weil Julia neben ihr sprang.

„Ja!", rief Mia laut und sprang extra hoch. Es fühlte sich ein bisschen so an, als könnte sie fliegen.

„Mia!", hörte sie plötzlich ihren Namen. Mia, die gerade mit dem Rücken zum Haus hüpfte, drehte sich um. Nick stand auf der Terrasse. Ein gelb-grün-geringelter Pullover lugte aus seiner offen stehenden dunklen Jacke hervor. Das Gesicht voller Sommersprossen lächelte er Mia an.

„Nick!", rief sie fröhlich. „Wie cool, dass du schon da bist!"

Mia kletterte vom Trampolin und umarmte ihn. Dann sagte sie: „Hey Leute, das ist mein bester Freund Nick!" Jetzt kletterten auch die anderen Kinder vom Trampolin, um Nick zu begrüßen. Julia reichte ihm als Erste die Hand. „Ich bin Julia", sagte sie, „und das ist mein Bruder Justus."

Nachdem auch Christina und Lilly sich vorgestellt hatten, fragte Mia: „Und – wie findest du's?"

„Das sage ich dir gleich", antwortete Nick und stieg aufs Trampolin.

Gemeinsam sprangen die Kinder noch eine Zeit lang. Allerdings war es zu sechst ganz schön eng, obwohl das Trampolin so groß war.

Irgendwann hatten sie erst einmal genug und machten eine Pause. Als sie um den Gartentisch herumstanden und Limonade tranken, fragte Justus Nick: „Was ist das denn für eine Schule, auf der du bist? Du bist doch erst im vierten Schuljahr, warum gehst du nicht auf unsere?"

Nick stellte sein Glas auf den Tisch. „Ich … ähm … ich bin nicht so gut im Lesen und Rechnen. Deshalb gehe ich auf die Astrid-Lindgren-Schule."
„Auf die Förderschule?", wiederholte Justus, so als hätte er Nick nicht richtig verstanden.
„Ja."
Nick wurde auf einmal ganz rot im Gesicht. Vielleicht war es, weil er Mias Freunde noch nicht so gut kannte und ihn jetzt alle anschauten.
„Bist du dumm?", fragte Justus. „Mein großer Bruder sagt, dass auf die Förderschule nur Kinder gehen, die zurückgeblieben sind."
Jetzt wurde Nick noch röter und Mia sah genau, dass er sich gar nicht gut fühlte.
„Das sagt man doch nicht laut, Justus!", meinte Julia und stupste ihren Bruder an.
Mia schluckte. Sie wollte nicht, dass Nick sich schlecht fühlte. Aber was sollte sie denn tun? Justus hatte es ja nicht böse gemeint. Außerdem war er Mias Gast, und zu Gästen musste man freundlich sein. Nick dagegen war an den Wochenenden so oft bei ihr, dass er beinahe schon zur Familie gehörte. Das sagten jedenfalls Mias Eltern.
„Möchte jemand noch Limo?", fragte Mia, weil sie nicht wusste, was sie sonst sagen sollte. Christina und Lilly schüttelten den Kopf. Justus nahm sich einen Kräcker.
„Ich muss jetzt nach Hause." Nick schaute weder Mia noch den anderen ins Gesicht, als er sprach.
„Kannst du nicht noch ein bisschen bleiben?", fragte Mia. Nick schüttelte den Kopf und ging ohne ein weiteres Wort ins Haus.

Den restlichen Nachmittag verbrachten die Kinder damit, noch ein bisschen auf dem Trampolin zu springen, Fangen zu spielen und später noch Verstecken. Obwohl das alles Spaß machte, konnte Mia sich nicht mehr richtig über den Besuch ihrer Freunde freuen. Selbst das neue Trampolin war nur noch halb so toll.

Als sie abends im Bett lag, konnte sie nicht schlafen. Stattdessen musste sie an Nick denken. „Warum ist Nick denn so früh gegangen?", hatte ihre Mutter beim Abendessen gefragt. Daraufhin hatte Mia bloß mit den Schultern gezuckt und einen Bissen von ihrem Brot genommen.

Nachdem sie sich jetzt in ihrem Bett bestimmt schon zum fünften Mal von der einen auf die andere Seite gewälzt hatte, knipste sie das Licht wieder an.

Sie drehte sich um und schüttelte ihr Kissen auf. Dann setzte sie sich bequem in den Schneidersitz und schloss die Augen. Dreimal atmete sie tief ein und wieder aus.

Sie stellte sich die Blumenwiese und den Wald ringsherum vor, fühlte das Gras unter ihren Füßen und roch die frische Luft. Dann lief sie ein paar Schritte und drehte sich einmal im Halbkreis. Da vorne stand der große Weltenbaum und strahlte noch genauso hell, wie sie ihn in Erinnerung hatte. Leichtfüßig lief sie auf ihn zu. Es fühlte sich schön an, über seine Rinde zu streicheln und noch besser war das warme Gefühl in ihrer Brust. Es breitete sich immer genau von der Stelle aus, wo sich ihr Herz befand.

„Hallo, Mia", begrüßte der Weltenbaum sie, noch bevor sie ganz nach oben in die Baumkrone geklettert war. „Schön, dass du hier bist."
„Ich freue mich auch! Warte – ich hab's gleich", sagte sie und schwang sich noch den letzten Ast hinauf. Endlich saß sie ganz oben. Die Wolken waren ihr so nah, dass sie nach ihnen greifen konnte, wenn sie die Hand ausgestreckt hätte. Aber das tat sie nicht, denn es war viel schöner, sich an den Ast des Weltenbaumes zu schmiegen. Mia mochte den harzigen Geruch, der von ihm ausging und die kleinen Blätter, die überall aus den Zweigen wuchsen.
„Ich glaube, ich könnte deine Hilfe gebrauchen", erklärte Mia.
„Mein Klassenkamerad Justus hat heute zu meinem besten Freund Nick gesagt, er würde auf eine Schule für Dumme gehen." Sie holte Luft. „Das hat Nick traurig gemacht."
„Und das macht dich traurig?", fragte der Weltenbaum.
Mia nickte. „Aber ich wusste nicht, was ich tun soll. Justus hat es ja nicht böse gemeint." Plötzlich hatte sie die Situation wieder vor Augen und Nicks betrübten Blick. „Glaube ich jedenfalls", murmelte sie.
„Hättest du denn gern etwas getan?"
„Irgendwie schon, aber was? Außerdem wollte ich nicht, dass Justus dann sauer ist."
„Weshalb hätte er denn sauer sein sollen?"
„Na ja", sagte Mia langsam, „wenn ich ihm erklärt hätte, dass es nicht okay war, was er gesagt hat."

„War es denn okay?", wollte der Weltenbaum wissen. (Mann, der hatte aber heute viele Fragen!) Mia schüttelte den Kopf.
„Nein, das war es nicht", antwortete sie nachdenklich. „Es war irgendwie gemein. Ich glaube, seine Schwester Julia hat das auch gemerkt. Sie hat nämlich gesagt, dass er unhöflich ist."
„Hm", machte der Baum und fing endlich an, Mia ein bisschen hin und her zu schaukeln. Das liebte sie.
„Und jetzt ist Justus nicht sauer auf dich, aber dein bester Freund Nick ist traurig", fasste er zusammen.
„Ja", bestätigte Mia, „und ich komme mir ein bisschen so vor, als wäre ich kein guter Mensch. Oder keine gute Freundin. Vielleicht beides. Ich glaube, ich war feige."
„Du bist ein guter Mensch und auch eine gute Freundin, liebe Mia", sagte der Weltenbaum. „Schließlich machst du dir Gedanken darüber, ob du dich richtig verhalten hast oder nicht. Das ist sehr gut."
„Hm", machte jetzt Mia. Dabei wurde ihr Herz ganz schwer, weil sie daran dachte, wie traurig Nick jetzt bestimmt immer noch war.
„Manchmal gibt es im Leben Situationen, in denen du eine schwere Entscheidung treffen musst. So wie heute. Dann weißt du, dass ein anderer vielleicht wütend auf dich sein wird, wenn du ihm deine Meinung sagst. Das ist in dem Moment ein unangenehmes Gefühl, aber das Gute ist, dass es nicht lange anhält." Mia hörte aufmerksam zu. Der Weltenbaum wusste immer so viel. Aber das war kein Wunder, denn er war bestimmt schon hundert Jahre alt oder sogar noch älter. „Dagegen hält das

gute Gefühl, auf sein Herz gehört zu haben und für andere einzustehen, ganz lange an."

„Aber jetzt kann ich ja nichts mehr daran ändern, dass ich nichts gesagt habe oder dass Nick traurig ist", murmelte Mia niedergeschlagen.

„Das ist richtig", antwortete der Weltenbaum, „aber wenn etwas Ähnliches noch einmal vorkommt, machst du es besser. Und –", fügte er hinzu, „ich bin sicher, dir wird etwas einfallen, was du machen kannst, um deinem Freund Nick zu zeigen, dass du immer für ihn da bist."

„Hoffentlich", erwiderte Mia und kaute auf ihrer Unterlippe herum.

„Bestimmt", ermutigte sie der Weltenbaum. „Und nun ab ins Bett mit dir."

„Ich bin schon im Bett." Mia kicherte. Sie wusste natürlich, was der Weltenbaum meinte. Deshalb drückte sie noch einmal seinen Ast und streichelte sacht darüber.

Sie war schon wieder unten auf der Wiese, als sie kurz über ihre Schulter schaute. „Wie alt bist du eigentlich?", fragte sie.

Die Blätter des Weltenbaumes raschelten, als er antwortete: „Sehr alt."

Am nächsten Nachmittag ging Mia zu Nick nach Hause. Bevor er gestern nach dem Trampolinspringen gegangen war, hatten sie ausgemacht, dass er heute wieder zu ihr kommen sollte. Aber er war nicht aufgetaucht. Einerseits hätte Mia gern noch ein bisschen ihr neues Trampolin ausprobiert. Aber solange sie nicht mit Nick

gesprochen hatte, fühlte es sich einfach nicht richtig an.
„Er ist in seinem Zimmer", sagte seine Mutter und lächelte Mia an. Sie hatte genauso orange-rote Haare wie Nick, aber dafür nicht ganz so viele Sommersprossen.
„Danke", sagte Mia und lächelte zurück.
Sie klopfte zweimal an Nicks Tür, bevor sie die Klinke herunterdrückte und den Raum betrat. In Mias Zimmer gab es vor allen Dingen Barbies und Einhörner. Bei Nick waren es Dinosaurier, Rennautos und Legofiguren. Und auf seiner blauen Wandtapete waren ganz viele Planeten und Sterne abgebildet, was echt cool aussah.
Nick saß auf dem Boden und spielte mit seinen Legosteinen. Er schaute auf, als Mia hereinkam.
„Hey", sagte er leise.
„Hey, Nick." Mia ging auf ihn zu und setzte sich neben ihn auf den weichen Teppichboden. „Was baust du da?", fragte sie, obwohl sie die Burg längst erkannt hatte.
„Eine Burg", bestätigte Nick und griff nach einem roten Legostein.
„Sieht super aus!", lobte Mia, woraufhin ein kleines Lächeln über Nicks Gesicht huschte. „Ich wollte dir noch sagen, ich finde nicht, dass du dumm bist. Was Justus gestern gesagt hat, war total blöd. Entschuldige, dass ich mich nicht getraut habe, es ihm direkt zu sagen."
„Er hat ja recht", antwortete Nick und schaute traurig. „Ich bin wirklich nicht schlau, sonst wäre ich mit euch auf der normalen Schule."

„Doch das bist du!", widersprach Mia energisch. „Ich habe noch nie jemanden getroffen, der sich so gut mit dem Universum auskennt wie du. Oder mit Dinosauriern! Nur wegen dir weiß ich, dass es mal einen Taranosauerier Rex gab!"
„Tyrannosaurus Rex", berichtigte Nick sie.
„Siehst du", sagte Mia, „genau das meine ich!" Nick lächelte. „Außerdem bist du mein allerbester Freund und ich finde dich toll, genau so wie du bist!"
Sie breitete ihre Arme ganz weit aus. Einen Moment lang schaute Nick sie bloß an und Mia hatte schon Angst, dass er vielleicht noch zu traurig zum Drücken war. Doch dann blitzte etwas in seinen grauen Augen auf und er strahlte wieder. Er breitete seine Arme ebenfalls ganz weit aus und lehnte sich zu Mia. Sie umarmten sich ganz fest und das fühlte sich gut an. Mia wusste, dass sie von jetzt an immer etwas sagen würde, sollte noch einmal jemand etwas Verletzendes zu einem anderen sagen – egal, ob es böse gemeint war oder nicht. Denn das war einfach das Richtige.

ICH BIN GUT GENUG

Mia und der Test

Herr Pütter ließ seinen Blick durch das Klassenzimmer schweifen.
Er war klein und rundlich, hatte oben auf dem Kopf eine Glatze und nur noch an den Seiten einen braunen Haarkranz.
In der Hand hielt er einen Stapel Blätter. Das mussten die Tests von letzter Woche sein! Mias Herz begann aufgeregt zu schlagen. Sie war jetzt in der dritten Klasse und seit Neuestem sprachen ihre Mitschüler ständig von der weiterführenden Schule. Man muss sich *jetzt schon* dafür anstrengen, sagten sie. Mia machte das irgendwie nervös.
„Ruhe bitte!", ermahnte Herr Pütter die Klasse. Sven hatte mal wieder nicht mitbekommen, dass der

Unterricht bereits begonnen hatte, und unterhielt sich noch lautstark mit seinem Sitznachbarn Torsten. Erst als Herr Pütter die Namen der beiden Jungen rief, begriffen sie, dass der Lehrer sie meinte.
„Ich habe eure Tests dabei", sagte Herr Pütter, nachdem es mucksmäuschenstill in der Klasse geworden war. „Einige von euch haben ganz toll gelernt!" Aus dem Augenwinkel sah Mia, dass Christina neben ihr sich gerader hinsetzte.
„Ich hoffe, er meint mich", flüsterte sie Mia hinter vorgehaltener Hand zu.
„Andere von euch waren nicht ganz so gut", sprach Herr Pütter weiter und schaute in Mias Richtung. Daraufhin grummelte es in ihrem Magen und das, obwohl eben erst Pause und ihr Bauch eigentlich voll war.
Bei dem Test letzte Woche, hatte sie ein ganz schlechtes Gefühl gehabt. Sie konnte es nicht erklären, denn gelernt hatte sie schon. Außerdem waren die Tests von Herrn Pütter bisher nie besonders schwer gewesen – ganz im Gegensatz zu denen von Herrn Hasenfuß.
„Sehr schön", sagte Herr Pütter, während er Klara ihr Blatt reichte. Dann ging's weiter mit Lilly, die neben Klara saß und auch ein Lob bekam. Anschließend waren Julia und Justus dran, deren Plätze sich eine Reihe weiter hinten befanden.
„Hast du gelernt?", fragte Herr Pütter Torsten, als er bei ihm angekommen war. Der Junge nickte grinsend. Herr Pütter zog die Augenbrauen hoch.
„Ja, ehrlich", bestätigte Torsten. „Ein bisschen jedenfalls." Sven kicherte.

„Das dachte ich mir", antwortete Herr Pütter und gab Torsten seine Arbeit. „Du bist ein kluger Junge, aber ohne Fleiß kein Preis. Kennst du den Spruch?" Torsten rollte mit den Augen als er seinen Test entgegennahm.
„Wer kann mir sagen, was dieser Satz bedeutet?", fragte der Lehrer die Klasse. Einige Schüler meldeten sich.
„Das heißt, dass man sich anstrengen und lernen muss, damit man gute Noten bekommt", platzte Sven heraus, ohne aufgerufen worden zu sein.
Herr Pütter sah ihn an. „Das ist richtig", bestätigte der Lehrer, „und das gilt auch für dich, Sven." Der Lehrer schob ihm seinen Test hin. Bevor er zum nächsten Tisch weiterging fügte er noch hinzu: „Melde dich bitte nächstes Mal. Es ist unfair den anderen gegenüber, wenn du nicht wartest, bis ich dich aufrufe."
„Verstanden, Herr Pütter", antwortete Sven schuldbewusst und senkte den Blick. Kaum hatte der Lehrer sich von ihm abgewandt, grinste er wieder und warf seinen Freund Torsten mit einem Papierkügelchen ab. Diese beiden Jungen waren richtige Spitzbuben, wie Mias Oma sagen würde. Aber Mia mochte sie trotzdem. Ohne Sven und Torsten wäre es bestimmt ganz schön langweilig in ihrer Klasse. Schließlich waren sie insgesamt gerade einmal zwölf Kinder.
„Mia", sagte Herr Pütter. Langsam schaute sie zu ihrem Lehrer auf. Er hatte ein freundliches Gesicht, aber im Augenblick lächelte er nicht. „Von dir hätte ich eigentlich ein bisschen mehr erwartet", meinte er

und beugte sich zu ihr nach unten. Etwas leiser wollte er wissen: „Was war denn los?"

Mia schielte auf die rote Drei minus auf ihrer Arbeit und schluckte. Das war ihre bisher schlechteste Note. Sonst hatte sie immer Einsen und Zweien geschrieben.

„Ich … ich weiß nicht genau", stammelte sie und biss sich auf die Unterlippe. Herr Pütter schaute sie noch einen Augenblick lang prüfend an, dann stellte er sich wieder gerade hin und sagte: „Na gut. Dann hattest du wohl einen schlechten Tag."

„Mit der Note kannst du bestimmt keine Ärztin werden", sagte Stefan, der rechts von Mia saß, leise. „Da musst du dich mehr anstrengen."

Erst gestern hatten sie sich über ihre Traumberufe unterhalten und Mia hatte ihm erzählt, dass sie später Tierärztin werden wollte. Sie wusste, dass Stefan es nicht böse gemeint hatte, denn er war ein netter Junge. Aber seine Worte fühlten sich trotzdem wie Pfeilspitzen in ihrer Brust an. Wahrscheinlich hatte er recht. Mit so einer Note konnte sie wirklich keine Tierärztin werden.

Christina hatte eine Zwei plus und grinste von einem Ohr bis zum anderen. Nachdem sie sich mit Annabelle, Leon und Veronika über ihre Noten ausgetauscht hatte, drehte sie sich zu Mia.

„Hey, was ist denn los?", fragte sie heiter.

Wütend schaute Mia Christina an. Sie hatte ihre Benotung doch mitbekommen! Warum stellte sie jetzt so eine blöde Frage?

„Geht dich nichts an", antwortete Mia ein bisschen patzig und wandte sich nach vorne zur Tafel. Herr

Pütter war gerade dabei den Notenspiegel aufzuschreiben. Es gab drei Einsen, sechs Zweien, zwei Vieren und nur eine Drei minus!
„Lass deine schlechte Laune nicht an mir aus", zischte Christina.
„Ich habe keine schlechte Laune!", antwortete Mia und bemerkte erst, als Herr Pütter sie mit einem strengen Blick bedachte, dass sie viel zu laut gesprochen hatte.
„Ruhe bitte!", sagte der Lehrer. „Der Nächste, den ich unaufgefordert reden höre, geht für zehn Minuten vor die Tür."
Mia wurde auf einmal ganz klein. Zumindest fühlte sie sich so, während sie auf ihrem Stuhl zusammensackte und mit hängenden Schultern noch ein Stückchen weiter nach unten rutschte.

Heute holte Tante Winnie sie von der Schule ab, denn es war Freitag und Mia durfte das Wochenende bei ihr verbringen. Winnie wohnte nicht besonders weit von Mias Heimatstadt entfernt. Trotzdem kam es der Achtjährigen jedes Mal vor als wäre sie irgendwo weit weg an einem magischen Ort, wenn sie zu Besuch auf dem riesigen Anwesen ihrer Tante war.
Ein Park mit roten und pinken Rosen gehörte zu dem großen Herrenhaus, in dem Winnie ganz allein wohnte. Jedes Mal, wenn Mia sie bisher gefragt hatte, ob sie sich nicht einsam fühlte, antwortete sie: „Aber wieso denn, ich habe doch meine Tiere." Und das stimmte! Tante Winnie hatte wirklich viele Tiere. Angefangen mit drei Pferden, einem Esel und sechs

Hühnern, über einen im Haus frei fliegenden Papagei, zwei Kätzchen und einen sehr alten Hund. Mia war gern hier, aber heute konnte sie sich nicht so richtig freuen.
„Was ist denn los, Schätzchen?", erkundigte sich ihre Tante, während sie Mia half, ihren kleinen Koffer und die Schultasche die vielen Stufen hinauf zum Haus zu tragen. „Du bist so still."
Mia zuckte mit den Schultern. „Keine Ahnung."
Winnie legte eine Hand auf die Schulter ihrer Nichte, damit sie stehen blieb. „Ich weiß, was da hilft", sagte sie und zwinkerte. Mia seufzte.
„Heute bin ich nicht in der Stimmung", antwortete sie, denn auf die verrückten Ideen ihrer Tante hatte sie an diesem Tag wirklich keine Lust. Meistens mochte sie es ja, wenn Winnie vorschlug, im Garten nach Trollen zu suchen, Federn für Traumfänger zu suchen oder Vogelscheuchen zu bauen.
Aber das war gerade einfach nicht das Richtige.
Tante Winnie lächelte verständnisvoll. „Dann geh doch schon mal ins zweite Schlafzimmer und mach's dir gemütlich." Mia nickte dankbar.

Das Himmelbett im zweiten Schlafzimmer war noch ein Grund, warum Mia so gerne Zeit bei ihrer Tante verbrachte. Sobald sie den Raum betreten hatte, ließ sie sich auf die schäfchenweiche Matratze fallen und schaute hinauf zu dem Sternenhimmel, der beinahe echt aussah. Mit aller Macht versuchte sie, nicht mehr an ihre Note zu denken, aber es gelang ihr einfach nicht. Dabei hatte ihr der Weltenbaum doch vor einiger Zeit erst beigebracht, dass es gut war, sich auf das Positive zu konzentrieren. Aber heute klappte es nicht. Manno!

Verärgert drehte sie sich auf die Seite und zog die Beine ganz dicht an ihren Körper.

Ein schmatzendes Geräusch ertönte dicht neben ihrem Ohr und Mia erschrak, als plötzlich eine warme Zunge über ihren Hals leckte.

„Wilhelm!", kicherte sie, denn sie wusste längst, dass das Tante Winnies Mops war. Der Hund hieß genau wie ihr vor fünfzehn Jahren verstorbener Ehemann. Winnie fand nämlich, dass sie eine gewisse Ähnlichkeit miteinander hatten.

Obwohl Mia Wilhelm ein bisschen beiseiteschob, hörte er nicht auf sie abzuschlabbern. Das kitzelte, was Mia zum Lachen brachte.

„Klopf, klopf", sagte Tante Winnie, während sie das Zimmer betrat. „Ich habe einen Kakao für dich." Sie schmunzelte, als sie Mia und Wilhelm miteinander im Bett herumtollen sah und stellte das Tablett mit der Porzellantasse und dem silbernen Kännchen auf dem Nachttisch ab.

„Schön, dass du wieder lachst", sagte sie und wollte gerade wieder gehen, da bat Mia sie zu bleiben.

„Legst du dich ein bisschen zu mir?"

Winnie lächelte. „Du meinst wohl *zu euch.*" Grinsend nahm sie den Mops hoch. Der Hund machte große Augen, als Mias Tante ihn ans Fußende legte. „Mach dich nicht immer so breit, Wilhelm", ermahnte sie ihn.

Es sah fast so aus, als würde Wilhelm jetzt schmollen. Aber er gehorchte.

Wohlig seufzend ließ Winnie ihren Kopf neben Mia auf das Kissen sinken. Jetzt blickten sie zusammen nach oben zu den glitzernden Sternen, die selbst bei Tageslicht schön silbrig auf dem hellblauen Stoff glänzten.

„Ich ärgere mich über eine schlechte Note", sagte Mia plötzlich und war selbst überrascht, weil sie das nicht geplant hatte. Denn eigentlich hatte sie vorgehabt, die Sache mit der Drei minus für sich zu behalten. Aber jetzt, nachdem sie so viel gelacht hatte und ihre Tante neben ihr in dem bequemen Bett lag, hatte sie ihre Meinung geändert.

„Hm", machte Winnie und das erinnerte Mia irgendwie an den Weltenbaum. „Ich finde eine schlechte Note nicht schlimm. Du hast doch noch viele Gelegenheiten eine bessere zu schreiben."

Mia schob die Unterlippe vor. Das war typisch Tante Winnie. Für sie war immer alles halb so wild.

„Doch, es ist sehr wohl schlimm!", erwiderte Mia.

„Und warum?"

„Na, weil … in der Schule muss man gut sein, sonst bekommt man keinen guten Arbeitsplatz." Noch während Mia das sagte, fragte sie sich, was wohl mit Kindern wie Nick war. Er war nicht so gut in der Schule. Aber dafür konnte er andere Sachen. Hieß das, er würde später keinen guten Beruf lernen können?

Tante Winnie drehte ihren Kopf so, dass sie Mia ansehen konnte.

„Und davor hast du Angst?", fragte sie mit sanfter Stimme, „keine gute Arbeit zu finden?"

Mia fühlte, wie Tränen in ihr aufstiegen. „Ich will doch Tierärztin werden! Aber mit einer Drei minus werde ich das bestimmt nicht schaffen. Stefan hat auch gesagt, dass –" Sie schluchzte. Auf einmal kamen die ganzen Gefühle hoch, die sie seit heute Mittag in der Klasse gespürt hatte. Natürlich hatte sie nicht vor allen anderen weinen wollen, schließlich war sie schon groß.

Aber jetzt, als die Tränen nur so über ihre Wangen kullerten, entspannte sich auf einmal etwas in ihrem Bauch. „Und ich liebe doch Tiere!", erklärte sie weiter. „Ich wollte schon immer Tierärztin werden. Also mindestens seit Anfang der dritten Klasse jedenfalls. Und jetzt kann ich das nicht mehr. Nur wegen dieser doofen Note! Ich weiß noch nicht mal, warum die so schlecht war. Ich habe doch gelernt." Die Worte sprudelten nur so aus ihr heraus. „Und dann war ich auch noch blöd zu Christina, weil sie besser war und gar nicht mitbekommen hat, dass ich mich ärgere."

Tante Winnie hörte Mia aufmerksam zu. Sie ließ ihre Nichte ohne Unterbrechung ausreden, weil sie spürte, dass ihre Nichte das brauchte. Als Mia fertig war, streichelte sie ihr liebevoll über den Handrücken.

„Eine Note sagt nichts darüber aus, was du in deinem Leben erreichen kannst", sagte sie dann. „Wenn du einen Traum hast, ist es zuallererst das Wichtigste, dass du an dich glaubst." Sie hakte ihren kleinen Finger in Mias ein, als sie hinzufügte: „Jeder hat mal einen schlechten Tag, an dem es vorkommen kann, dass seine Leistungen nicht so gut wie sonst sind. Es gibt auch Kinder, die überhaupt nicht gut in der Schule sind, aber trotzdem ihren Weg gehen und einen ganz tollen Beruf erlernen, der sie sehr glücklich macht." Tante Winnie machte eine kurze Pause. Sie wollte Mia Zeit geben, um das

eben Gehörte zu verdauen. Deshalb schloss sie einfach die Augen und atmete ein paar Mal tief durch. Einen Moment lang war es ganz still. Nur die Atemgeräusche von Mia und Winnie und Wilhelms Geschlabber waren zu hören, weil der sich über seine Schnauze leckte. Irgendwann sagte Mias Tante: „Du bist etwas ganz Besonderes, Mia. Und zwar genau so, wie du bist. Deine Noten können daran nichts ändern. Es ist in Ordnung, sich über einen Test zu ärgern. Aber –", sie holte tief Luft, „nicht länger, als es dauert ‚*Ich finde mich wunderbar und so wie ich bin, ist ganz prima*' zu sagen und im Anschluss sechs Minuten so langsam wie möglich ein- und dann wieder auszuatmen."
Mia schmunzelte. „Warum ausgerechnet sechs Minuten?"
„Och, das hat mir mal der Weltenbaum verraten", antwortete Winnie schulterzuckend. Dann drehte sie sich auf die Seite und suchte Mias Blick. „Sollen wir ihn mal zusammen besuchen?"
Die Drittklässlerin überlegte kurz. „Eigentlich geht's mir schon wieder ganz gut", erwiderte sie und schielte zu Wilhelm, der sich jetzt dicht an ihre Füße gekuschelt hatte. „Ich glaube, das ist heute nicht nötig."
Ihre Tante zog eine Schnute. „Und was ist, wenn ich gerne möchte?"
„Aber warum?", wollte Mia wissen.
„Einfach so ... ein bisschen *abhängen* – oder wie sagt ihr Kids das heutzutage?" Während Winnie sprach, machte sie eine ganz tiefe Stimme nach. Sofort brach Mia in Gelächter aus. „Bist du dabei

oder nicht?" Nun redete ihre Tante als wäre sie Kermit der Frosch.

„Na gut", gab Mia sich geschlagen. „Wir können ja ein bisschen auf der Blumenwiese liegen und dieses Atmen üben. Von dort unten sieht seine Baumkrone bestimmt voll cool aus."

Winnie nickte. „Einverstanden."

Sie hatten die kleinen Finger immer noch umeinander geschlungen, als sie beide dreimal tief ein- und wieder ausatmeten und sich den Wald und die Wiese vorstellten. Tante Winnie war einsame Spitze darin, sich mit dem Weltenbaum zu verbinden. Kein Wunder – sie hatte das Buch, in dem alles über diesen einzigartigen Baum stand, von ihrer Mutter geschenkt bekommen, als sie noch ein kleines Mädchen war. Das war viel Zeit zum Üben. Trotzdem sagte Winnie immer, dass man auch als alte Schachtel von Zeit zu Zeit noch den Weltenbaum brauchte. „Manchmal vergesse ich, was er mir schon einmal beigebracht hat. Das ist nicht schlimm, denn ich kann ihn ja immer wieder besuchen", sagte sie dann.

Das verstand Mia. Insgeheim wünschte sie sich jedoch, dass sie irgendwann so viel wie Tante Winnie über den Weltenbaum wusste. Denn vielleicht konnte sie dann einmal genau wie sie für einen anderen Menschen eine Art Weltenbaum sein.

ICH BIN KLUG

Mia und das Ferienlager

„Auf meinem Ziele- und Träumeplakat ist eine Tierärztin, weil ich das später mal werden will", Mia zeigte auf die ausgeschnittene Frau mit dem weißen Kittel und die Hunde und Katzen, die sie daneben geklebt hatte, „und die Palmen stehen für einen Urlaub in Hawaii. Dann habe ich hier noch einen roten Käfer, denn so ein Auto fährt meine Tante Winnie und das will ich auch mal, wenn ich einen Führerschein habe." Sie lächelte verschmitzt, während sie in die Gesichter der anderen Kinder aus dem Ferienlager schaute.

Heute war ihr erster Tag hier und bis jetzt gefiel es ihr richtig gut. Als sie heute Morgen angekommen war, hatte sie keines der anderen Kinder gekannt. Jetzt war es Nachmittag und sie hatte sich bereits mit zwei anderen Mädchen angefreundet. Sie hießen Leonie und Paula und waren genau wie Mia neun Jahre alt.

„Das hast du toll gemacht, Mia. Danke", sagte die Betreuerin Andrea, nachdem Mia den anderen Kindern auch noch die Bedeutung der restlichen Bilder auf ihrem Plakat erklärt hatte.

„Ich möchte, dass ihr jetzt Pärchen bildet. Draußen liegen dreißig Zelte auf dem Rasen. Ein Zelt für zwei Kinder. Die werden wir jetzt gemeinsam aufbauen."

Noch bevor Mia wieder an ihrem Platz zwischen Paula und Leonie war, hatten sich die beiden Mädchen abgesprochen, in ein Zelt zu gehen.

Mia sah sich um. Auch die anderen Kinder hatten bereits alle einen Partner. Sie war die Einzige, die allein geblieben war.

„Seid ihr so weit?", fragte Andrea. Daraufhin meldete Mia sich.

„Ich habe niemanden", sagte sie leise. Eben hatte sie noch so gute Laune gehabt, aber jetzt fühlte sie sich gar nicht mehr gut. Hätte sie doch bloß nicht als Letzte vorgetragen! Wenn sie vor zwei Minuten noch zwischen Paula und Leonie gesessen hätte, wäre sie bestimmt nicht übrig geblieben.

„Ach, ich habe gar nicht dran gedacht, dass Florian ja nicht da ist. Deshalb geht es nicht auf", antwortete Andrea und überlegt einen Augenblick. „Aber das macht nichts, ich helfe dir das Zelt aufzubauen." Na toll, dachte Mia und rollte mit den Augen, als Andrea gerade wegsah.

Das Ferienlager *Zur wilden Fee* befand sich auf einer Lichtung im Wald. Ein paar Meter hinter dem

Haupthaus schlängelte sich ein kleiner Bach durch die Böschung. Es gab auch einen Spielplatz, mit Schaukeln, Rutschen und einem Karussell.
Alles in allem war es wirklich schön, aber je mehr Paula und Leonie während des Zeltaufbauens miteinander lachten, desto schlechtere Laune bekam Mia. Anfangs half Andrea ihr noch, doch dann ging sie reihum und schaute nach den anderen Kindern. Allein kam Mia nicht zurecht. Die Anleitung war viel zu kompliziert, obwohl die Betreuerin behauptet hatte, es wäre extra eine für Kinder und die Zelte ließen sich sehr leicht aufbauen.
„Die hat gut reden", murmelte Mia vor sich hin und kickte wütend einen Ast beiseite. Eben war ihr schon wieder eine der Stangen für das Gerüst aus der Hand geglitten, als Mia sie in den Haken im Boden hatte schieben wollen. Langsam hatte sie wirklich keine Lust mehr!
Erst nach einer Viertelstunde kam Andrea zu ihr zurück. Inzwischen hatten alle anderen Kinder ihre Zelte aufgebaut.
Einzig Mias war noch nicht fertig.
„Wollen wir doch mal sehen", meinte Andrea, während sie die Plane zurechtrückte und die verbliebene Stange so bog, dass sie in die dünne Öse an dem Hering passte. Die übrigen Mädchen und Jungen durften bereits zum Spielen. Nach dem Kennenlernen, einer Lektion in Wald- und Wiesenkunde, dem Mittagessen und Plakatbasteln hatten sie jetzt Freizeit.
Während sich die anderen Kinder auf dem Spielplatz, der Wiese oder im Wald vergnügten, wollte Mia einfach nur allein sein. Niemand hatte auf

sie gewartet. Außerdem musste sie nun mit der Betreuerin in einem Zelt schlafen!

„Na, wo geht's hin?", rief Andrea Mia hinterher, die schnurstracks auf das Haupthaus zusteuerte.

„In die Bücherei. Ich will mir ein Buch ausleihen." Aber das war nur die halbe Wahrheit. Denn dort konnte sie sich wenigstens verkriechen. Wenn die anderen schon nichts mehr mit ihr zu tun haben wollten, mussten sie ja nicht auch noch sehen, dass Mia traurig war.

„Viel Spaß!", erwiderte Andrea, die gerade mit dem Zelt fertig geworden war.

Der Raum, in dem die Bücher in deckenhohen Regalen standen, roch nach altem Leder und ein bisschen modrig. Aber das machte Mia nichts aus. Wenigstens hatte sie diesen Ort für sich!

Sie lief zu dem Regal mit Büchern über Pferde, griff nach dem Erstbesten und setzte sich auf einen der drei Sessel in der Ecke. Nachdem sie mit dem einen Buch fertig war, schnappte sie sich das nächste.

So verbrachte sie die Stunden bis zum Abendessen.

Als Mia um achtzehn Uhr den Speisesaal betrat, saßen die anderen Kinder schon auf ihren Plätzen. Sie hielt Ausschau nach Leonie und Paula, aber anders als beim Frühstück saßen die beiden Mädchen nicht an einem Vierertisch, sondern an einem Zweier. War ja klar!

Mit gesenktem Kopf lief Mia durch die Reihen und setzte sich auf einen freien Platz neben einen Jungen, dessen Namen sie vergessen hatte. Er hatte rote Haare, weshalb Mia an Nick denken musste und sich wünschte, er wäre jetzt hier.

Wenigsten schmeckte das Essen ganz gut – es gab Spaghetti Bolognese – und zum Nachtisch wurde Schokopudding serviert.
Das war – neben allem mit Erdbeeren – eine von Mias Lieblingsspeisen.
Doch als Andrea bei Mia mit der großen Schüssel voll Pudding ankam, gab sie Mia gerade einmal zwei Löffel in ihr Schälchen. Der Junge neben ihr bekam drei!
Kaum hatte Andrea den restlichen Pudding verteilt, verkündete sie: „Und weil heute euer erster Tag ist, habe ich eine ganz besondere Überraschung für euch." Sie schaute auf ihre Armbanduhr und lief dann zur Tür auf der anderen Seite des Saales. „Zum Ausklang bekommt ihr eine musikalische Unterhaltung von meinem Ehemann. Ich hoffe, ihr mögt schottische Lieder." Als sie die Tür öffnete, um ihren Mann hereinzulassen, traf Mia fast der Schlag. Da stand Herr Hasenfuß in einem komischen rot karierten Rock, in der Hand einen Dudelsack!
Vielleicht wäre dieser Anblick an einem anderen Tag ein bisschen witzig gewesen – zum Beispiel wenn Christina jetzt neben ihr säße. Aber an diesem blöden Abend war Herr Hasenfuß wirklich der letzte Mensch auf der Welt, den Mia jetzt sehen wollte. Andrea erzählte gerade davon, dass ihr Mann *Fridolin* und sie schon einige Urlaube in Schottland verbracht hatten, als Mia aufstand und den Saal verließ.
Ohne sich einmal umzusehen, ging sie nach draußen, um etwas frische Luft zu schnappen. Ob sie ihre Mutter anrufen und darum bitten sollte, heute schon abgeholt zu werden?

Mit einem mürrischen Ausdruck im Gesicht lief sie ein paar Schritte um das Haus herum. Mit jedem neuen Schritt stampfte sie fester auf den Boden. Das war alles so unfair! Sie war wütend auf Paula und Leonie, die sie nicht mehr beachteten, sie war wütend, weil das Zeltaufbauen nicht geklappt hatte und weil sie als Einzige zusammen mit der Betreuerin schlafen musste.
Und dann war da auch noch die Sache mit dem Schokopudding!
Angekommen bei einem großen Baum am Waldesrand, fühlte sie sich wie ein großer Luftballon, in den jemand viel zu viel Luft gepumpt hatte. Es kam ihr vor, als würde sie jeden Moment platzen. Keuchend setzte sie sich so dicht an den Baum heran, dass sie sich an seinem Stamm anlehnen konnte und atmete tief durch.
„Ich wünschte, alles wäre anders", flüsterte sie, zog die Beine an und stützte ihre Ellenbogen auf die Knie. In dem Moment raschelten hoch über ihrem Kopf die Blätter und das erinnerte sie an den Weltenbaum.
Plötzlich wusste sie, was jetzt zu tun war. Warum hatte sie daran nicht gleich gedacht?
Sie rückte noch ein bisschen dichter an den Baumstamm, schloss die Augen und konzentrierte sich auf ihre Atmung.
Nachdem sie dreimal bewusst langsam ein- und wieder ausgeatmet hatte, stellte sie sich die Blumenwiese vor. Das fiel ihr dieses Mal besonders leicht, denn das Gelände des Ferienlagers ähnelte dem in ihrer Vorstellung.

Mia lächelte, weil sie den strahlenden Weltenbaum sofort unter den vielen anderen entdeckte.
Als sie ihn erreicht hatte, öffnete sie ihre Arme ganz weit und umarmte ihn. Wärme breitete sich in ihrer Brust aus. Sie drückte ihre Wange an den Stamm und sagte leise: „Du hast mir sooo gefehlt."
„Hallo, Mia", antwortete der Weltenbaum, „ich freue mich, dass du bei mir bist."
Mia streckte ihre Hände aus und schwang sich an dem untersten Ast hinauf. Sie kletterte immer weiter, bis sie irgendwann ganz oben im Baumwipfel angekommen war.
„Ich muss dir was erzählen", erklärte sie. Der Baum wiegte sanft vor und zurück, als wollte er nicken. Mia berichtete von ihrem Tag und allem, was geschehen war. „Es ist, als wären alle gegen mich! Paula, Leonie und die anderen. Sogar Andrea. Und dann ist urplötzlich auch noch Herr Hasenfuß aufgetaucht!" Mia stöhnte.
„Als ich vor langer Zeit das Gefühl hatte, das Leben sei gegen mich, habe ich mir etwas ausgedacht, das mir seitdem immer gut geholfen hat", antwortete der Weltenbaum.
„Dir ging es schon so?" Mia zog die Augenbrauen hoch. „Ich dachte, du bist allwissend." Die Blätter des Weltenbaumes raschelten.
„Ich war auch mal jung", erwiderte er. „Genau wie du musste ich damals eine Menge lernen, um zu wachsen. Und ich tue es immer noch."
„Hm", murmelte Mia. „Und was war das genau, das dir geholfen hat?"
Der Weltenbaum schaukelte sie jetzt seitwärts und Mia schmiegte sich noch ein bisschen mehr an ihn.

Es tat einfach immer so gut in seiner Nähe zu sein! Schon komisch, dass sie das manchmal vergaß. Aber Winnie hatte ja gesagt, dass es ihr auch ab und zu so ging. Also war das vermutlich nicht schlimm.

„Damals hatte ein Sturm ein paar meiner Äste abgebrochen. Ich war sehr traurig deswegen. Und auch wütend. Vor allen Dingen auf das Wetter, den Wind und ein bisschen auf mich selbst, weil meine Äste zu schwach waren, um den Sturm auszuhalten."

„Das tut mir leid", sagte Mia und streichelte mit der Hand über die Rinde des Weltenbaumes.

„Nachdem ich eine Weile zornig war, hatte ich genug davon. Diese negativen Gefühle waren zwar okay, aber sie taten mir nicht gut. Da begann ich zu überlegen, ob es auch etwas gab, was gut an dem Sturm war."

Mia runzelte die Stirn. Was sollte daran denn gut sein?

„Ist dir etwas eingefallen?", fragte sie zweifelnd.

„Allerdings", antwortete der Baum und ließ seine Blätter rascheln. „Weil ich ein paar meiner Äste verloren habe, hatte ich die Gelegenheit mir neue, viel stärkere nachwachsen zu lassen. Außerdem wusste ich jetzt durch diesen Sturm, wie sich so ein starker Wind überhaupt anfühlte. Denn das hatte ich bis dahin noch nicht erlebt. Wenn jetzt ein Sturm kommt, habe ich zum einen kräftigere Äste und zum anderen weiß ich genau, was zu tun ist."

„Und was?"

„Also", sagte der Baum und Mia hatte auf einmal das Gefühl, er würde schmunzeln, „ich versuche

nicht mehr dagegen anzukämpfen, so wie ich das bei diesem ersten Sturm getan habe. Stattdessen wiege ich alle meine Äste *mit* dem Wind, so als gäbe es überhaupt nichts von ihm zu befürchten." Der Weltenbaum räusperte sich. „Es kann natürlich passieren, dass ich trotzdem mal einen Ast verliere. Aber das ist kein Vergleich zu den vielen, die mir früher abhanden gekommen sind und darüber freue ich mich sehr."
„Ich verstehe das nicht so richtig", antwortete Mia langsam.
„Fällt dir irgendetwas Gutes ein, das du aus der Situation mit Leonie und Paula machen könntest?", fragte der Weltenbaum.
Mia überlegte. „Ich weiß nicht … vielleicht … na ja …", stammelte sie. Das war ganz schön schwierig. Fast dachte sie, ihr käme gar keine Idee mehr. Doch dann hatte sie einen Einfall! „Wenn Leonie und Paula nichts mehr mit mir zu tun haben wollen, könnte ich vielleicht ein paar von den anderen Kindern besser kennenlernen."
„Das wäre möglich."
„Ich kann die beiden eh nicht mehr leiden", fügte Mia noch hinzu, und wenn sie könnte, hätte sie am liebsten die Arme vor der Brust verschränkt. Aber das ging natürlich nicht, weil sie ja so hoch oben saß und sich festhalten musste.
„Ist das wirklich wahr?", wollte der Weltenbaum wissen.
„Ja!", erwiderte Mia trotzig. Aber als sie das Wort ausgesprochen hatte, fühlte sie, dass das nicht stimmte. „Also … vielleicht ist es auch eher so, dass ich sie nicht mehr mag, weil sie *mich* nicht mehr

mögen. Wäre es anders, könnte ich sie schon noch leiden." Bevor das doofe Zelteaufbauen war, hatte sie sich nämlich richtig gut mit ihnen verstanden. „Aber wie sie heute Nachmittag zu mir waren, da fühlte ich mich, als wäre ich gar nicht wichtig."
„Und dann hast du auch noch weniger Schokopudding als dein Sitznachbar bekommen."
„Genau!", bestätigte Mia und spürte, wie gut es sich anfühlte, verstanden zu werden.
„Das klingt wirklich nach keinem guten Tag." Mia nickte. „Aber weißt du was?" Der Weltenbaum machte eine Pause. „Im Leben wird es immer mal wieder Hindernisse geben, mit denen du nicht gerechnet hättest. Es ist in Ordnung sich eine Zeit lang darüber zu ärgern oder sich in der Bücherei zu verkriechen, um mal seine Ruhe zu haben." Mia horchte auf. Woher wusste der Weltenbaum das? Von der Bücherei hatte sie ihm gar nichts erzählt. „Doch dann ist es wichtig zu überlegen, was es trotz allem Gutes an der Situation gibt, was du daraus lernen kannst und was du machen kannst, damit du wieder Spaß hast."
Seufzend lehnte Mia den Kopf gegen den dicken Stamm des Baumes. „Ich weiß, manchmal kommt einem das nicht so leicht vor. Aber ich glaube an dich und daran, dass du das schaffst. Denn ganz egal, was auch geschieht: Du bist ein fantastisches, starkes und ganz besonderes Mädchen, das es verdient hat, glücklich zu sein. Das Leben hält noch viele, viele Abenteuer für dich bereit." Es tat gut, diese Worte zu hören. Bevor Mia sich mit dem Weltenbaum verbunden hatte, war ihr alles richtig doof vorgekommen. Sie hatte sogar lieber nach

Hause gewollt. Aber jetzt war das anders. Sie hatte wieder Hoffnung, dass die restlichen Tage im Ferienlager besser werden würden.
„Danke, dass du mir zugehört hast", sagte Mia und beschloss, sich gleich morgen mit einem anderen Kind anzufreunden. Vielleicht mit dem rothaarigen Jungen?
Als sie schon hinunter geklettert war und auf der Blumenwiese stand, rief sie: „Ich komme bald wieder!"
„Ich werde da sein", antwortete der Weltenbaum und seine Blätter raschelten im Wind.

Nachdem Mia die Augen wieder geöffnet hatte, stand sie auf und lief zurück zum Haupthaus. Es war noch warm draußen, die Sonne stand zwar schon tief am Horizont, aber es würde noch einige Zeit hell bleiben.
Vielleicht konnte sie später noch einmal zum Schaukeln rausgehen. Eigentlich schade, dass sie das heute gar nicht ausprobiert hatte.
„Da bist du ja!", hörte sie ein Mädchen rufen, als Mia die Tür zum Speisesaal öffnete. Die Kinder hatten die Tische in einer Hufeisenform angeordnet, damit jeder den dudelsackspielenden Herrn Hasenfuß gut sehen konnte. Andrea stand etwas abseits gegen das Fensterbrett gelehnt.
„Pssst!", machte Paula und winkte Mia zu sich heran. Sie saß mit Leonie zusammen und neben ihr war noch ein freier Platz.
„Wir haben dir den Stuhl freigehalten", sagte Paula. „Eigentlich dachten wir beim Essen schon, dass du

zu uns kommst. Wir hätten auch zu dritt an dem Tisch Platz gehabt."
„Wo warst du eigentlich den ganzen Nachmittag?", wollte Leonie wissen.
Mia lächelte. „Ich dachte, ihr habt keine Lust mehr auf mich."
Die beiden Mädchen verzogen das Gesicht und schüttelten heftig mit dem Kopf. „So ein Quatsch!", meinte Paula. „Wir haben Andrea eben sogar schon gefragt, ob du mit uns in einem Zelt schlafen kannst und sie hat ja gesagt!" Mias Lächeln wurde immer breiter. „Ehrlich?", fragte sie.
Leonie und Paula nickten.
„Das ist echt cool!"
„Finden wir auch!"
Dann lehnten sie sich zurück und sahen Herrn Hasenfuß beim Dudelsackpielen zu. Nach den Sommerferien würde Mia Christina und ihren anderen Freunden auf jeden Fall davon erzählen! Die würden staunen!
Später kuschelte sie sich glücklich in ihren Schlafsack. Der Duft von Blumen und das Rascheln der Baumwipfel begleitete sie bis in ihre Träume. Dieser Tag war vielleicht nicht perfekt gewesen, aber das war gar nicht schlimm. Denn es gab noch ganz viele andere und Mia wusste, das jeder von ihnen etwas ganz Besonderes sein würde.

ICH BIN WICHTIG

Weltenbaum Meditation

Willkommen in deiner persönlichen Welt mit dem Weltenbaum!

Kennst du das Gefühl, wenn deine Freunde besser in Sport oder Mathe sind als du, und du denkst sofort, du seist nicht gut genug? Hast du dich schon mal als nicht liebenswert gesehen oder nirgendwo dazugehörig?

Ob du es glaubst oder nicht – alle Menschen haben schon einmal diese Gedanken gehabt und Gefühle gespürt. Ja, auch die Erwachsenen! Aber ich verrate dir eins – die wenigsten Menschen reden darüber.

Hier kannst und darfst du allem, was du momentan empfindest, nachspüren und es loslassen. Am Ende wirst du merken, dass es dir leichter fallen wird, diese unangenehmen Gefühle zu überwinden. Möchtest du wissen, wie das geht?

Nun gut, du hast in dem Buch Mia kennengelernt, und weißt, wie sie sich mit dem Weltenbaum verbindet. Hier sollst du für dich die Möglichkeit und den Raum bekommen, dich ebenfalls mit der besonderen Kraft und der Weisheit deines Weltenbaumes zu vereinen. Du brauchst dafür fast gar nichts zu tun.

Bist du allein? Geh in einen ruhigen Raum, in dem du ungestört bist. Vielleicht mag deine Mama oder jemand anders, den du lieb hast, dir die nächsten Schritte vorlesen. Wenn gerade niemand Zeit hat, dann lies dir die Anleitung aufmerksam durch und versuche die innere Reise zum Weltenbaum für dich zu entdecken.

Setze oder lege dich bequem hin. Schließe deine Augen. Atme ganz normal weiter durch die Nase ein und aus. Spüre, wie die frisch eingeatmete Luft wie ein helles Licht durch deinen Körper fließt.

Während die wärmenden Strahlen bis in deine Zehen und Fingerkuppen vordringen, lässt du deinen Tag langsam hinter dir. Hier musst du es niemandem recht machen oder Aufgaben erfüllen.

Du reist nun in ein Universum, das so farbenfroh ist, wie es nur geht. Plötzlich stehst du in einer Welt voller Bäume, Blumen und Gräser. Du befindest dich am Rande einer wunderschönen Wiese, an der Grenze zu einem Wald. Freudig lässt du dich auf diese bunte Blumenwiese fallen und landest sanft wie eine Feder auf dem Boden in einem dunklen Wald mit vielen Bäumen, die kaum Sonnenlicht durchlassen. Doch das macht dir keine Angst. Denn in dieser Welt gibt es keine Ängste und keine Zweifel. Dieser Wald ist wie ein Schutzmantel – und du bist mittendrin und fühlst dich geborgen.

Vor dir siehst du einen strahlenden Baum. Er ist kräftiger als die anderen, hat einen besonders dicken Stamm und leuchtet heller als jeder Stern.

Neugierig gehst du auf diesen Baum zu. Du betrachtest ihn aus der Nähe.

Du streckst deine Hand aus und berührst ihn mit deinen Fingern. Es fühlt sich an, als ob du diesen Baum schon lange kennst. Du spürst eine tiefe

Verbindung zwischen dir und diesem Baum. Es ist, als ob dein Herz mit der Kraft des Baumes eine Einheit bildet.

Lass dieses Gefühl einen Augenblick auf dich wirken. Auch wenn du es nicht verstehst, fühlst du dich wohl und leicht, während deine Hand auf dem Baum liegt. Immer stärker spürst du deine innere Kraft.

Wie fühlt sich der Baum noch an? Ist die Rinde seines Stammes rau? Was siehst du, wenn du diesen besonderen Baum betrachtest? Wie groß ist er? Trägt er viele Blüten und Früchte? Wie sehen diese Früchte aus? Sie sind bestimmt wunderschön und strahlen in allen Farben. Stelle dir alles genau vor!

Umarme diesen wunderschönen Baum und lasse zu, dass ihr innerlich eins werdet. Du siehst sein Licht, das auf dich herabstrahlt. Vielleicht fliegen ein paar Schmetterlinge neugierig an deiner Nase vorbei und kitzeln dich mit ihren Flügeln am Arm. Der erdige, harzige Duft des Baumes führt dich zu deiner eigenen Mitte. Du spürst deinen Herzschlag und die Lebenskraft, die durch dich und den Baum hindurchfließt.

Auf einmal möchtest du unheimlich gern auf den Baum hinaufklettern. Du schwingst dich von Ast zu Ast, fühlst das robuste Holz seiner Äste ... riechst den süßen Duft seiner Blüten. Das Klettern fällt dir ganz leicht.

Es ist deine Kraft, die dir all das möglich macht. *Die Kraft deiner Einzigartigkeit und deiner eigenen inneren Stärke.*

Ganz oben auf dem Baum angekommen, genießt du den Ausblick über den großen Wald. Du schaust in die weite Ferne und lässt warme Sonnenstrahlen deine Haut streicheln. Ein bekannter Geruch von Sommer und Freude macht sich in dir breit. Die Wärme dieser Sonnenstrahlen berührt dich wie eine kuschelige Umarmung. Du kannst gar nicht anders, als zu lächeln. Doch diese Wärme ist noch viel mehr. In ihrer Stärke gebündelt, strahlt sie von deinem Herzen über deine Körpermitte hinaus in deine Arme und Hände, in deine Beine und Füße. Du genießt den Augenblick. Ein angenehmes Gefühl der Zufriedenheit breitet sich in dir aus. Du hast dich auf allen Ebenen mit deinem Weltenbaum verbunden. Diese Verbindung bleibt nun aktiv wie eine Superkraft und stärkt dich … jedes Mal, wenn du zum Weltenbaum reist, fühlst du dich mutiger und fröhlicher.

In dieser einmaligen Weltenbaumwelt schließt du nun die Augen und landest wieder auf der bunten Blumenwiese vom Anfang. Hier bleibst du eine Weile im warmen Gras liegen. Es fühlt sich alles leicht an und du hast das Gefühl, in dieser inneren Geborgenheit zu schweben. Genieße einen Augenblick diese Leichtigkeit, während du die Verbindung zu deinem Weltenbaum immer noch fühlst. Sobald du dazu bereit bist, öffne die Augen. Willkommen zurück, Liebes.

ICH BIN SCHÖN

Magischer Bonus

Haben dir die Geschichten aus **Mia und der Weltenbaum** gefallen? Dann darfst du dich jetzt besonders freuen!

Aufgrund der hohen Nachfrage nach noch mehr Geschichten haben wir, die Autorinnen Veronika Nyolt und Anika Pätzold, geplant, einmal im Monat einen magischen Newsletter zu verschicken, in dem dich viele tolle Überraschungen erwarten! Die Anmeldung hierfür ist komplett kostenlos.

Frag am besten hierzu einfach deine Mama oder deinen Papa, sie können sich auf dieser Seite für dich anmelden: http://bit.ly/weltenbaumbonus

Alle Vorteile auf einen Blick:

- zwei neue Weltenbaumgeschichten im nächsten Newsletter
- erfahre als Erste/r, wann wir ein neues Buch veröffentlichen
- freue dich auf weitere tolle gratis Überraschungen, die bereits für dich in Planung sind

Impressum

Anika Pätzold
2E Parkinson Road
Liverpool L9 1DL
United Kingdom
Anikapa3@gmail.com

Covergestaltung:
Wolkenart - Marie-Katharina Becker, www.wolkenart.com

Alle Rechte vorbehalten.

Printed in Poland
by Amazon Fulfillment
Poland Sp. z o.o., Wrocław